마태 김의 메모아

내가 사랑한 한국의 근현대 예술가들

마태 김의 메모아
내가 사랑한 한국의 근현대 예술가들

초판인쇄 2012. 9. 28. | 초판발행 2012. 10. 5. | 지은이 마태 김정준 | 펴낸이 김광우
편집 최정미 | 디자인 박솔 | 영업 권순민, 이은경, 허진선 | 펴낸곳 知와 사랑
서울시 영등포구 당산동 3가 558-3 더파크365빌딩 908호
전화 (02)335-2964 | 팩시밀리 (02)335-2965 | e-mail jiwa908@chol.com
등록번호 제10-1708호 | 등록일 1999. 6. 15.
ISBN 978-89-89007-66-1 (03800)

값 15,000원
www.jiwasarang.co.kr

이 도서의 국립중앙도서관 출판시도서목록(CIP)은 e-CIP홈페이지(http://www.nl.go.kr/ecip)와
국가자료공동목록시스템(http://www.nl.go.kr/kolisnet)에서 이용하실 수 있습니다.
(CIP제어번호 : CIP2012004455)

• 도판 제공: 환기미술관

마태 김의 메모아

내가 사랑한
한국의 근현대
예술가들

마태 김정준 지음

知와 사랑

마태 김의 메모아
내가 사랑한 한국의 근현대 예술가들

차례

1.

나의 정신적 멘토들: 김기림, 김하건, 이상

3.

평생 이어진 김환기와의 인연

4.

뉴욕에서 만난 예술가들

서문

『마태 김의 메모아』는 내가 사랑한 한국의 근현대 예술가들과의 교류를 통해 겪은 에피소드들과 내 개인적인 일들을 기록한 것으로, 나에겐 소중한 일기와도 같다. 이 책을 구상한 건 오래된 일이다. 역사의 한 장을 수놓은 위대한 예술가들과의 잊지 못할 추억들을 글로 남겨 놓아야겠다는 생각이 나이가 들면서 나날이 절실한 욕망으로 자리 잡았다. 그 욕망이 현실화되어 한 권의 책으로 서가에 나타나게 된 것이다.

이 책은 나의 이야기라기보다는 내가 친밀한 관계를 맺었던 한국이 자랑하는 예술가와 종교인들에 관한 이야기다. 이 책에는 여류소설가 김말봉, 김환기, 중학교 시절의 시인 김기림, 이상, 박산운, 정지용, 김광섭, 이은상, 공중인, 소설가 김동리, 손소희, 조각가 한용진, 화가 김하건, 문미애, 김병기, 김창렬, 비디오 아티스트 백남준, 성악가 김자경, 목사 김재준 등 많은 문학인, 예술가와 종교인들의 모습이 나의 언어로 묘사되어 있다. 내가 만나고, 교류하고, 느낀 인상을 솔직하게 털어놓은 것이다. 내 생애의 일부분을 차지한 그분들을 머리에 떠올릴 때마다 그분들 덕택에 윤택한 삶을 살 수 있었던 데 대해 깊은 감사를 표하고 싶다. 이런 감사하는 마음이 이 책을 통해 독자들에게 전달되었으면 하는 바람이다.

'한국 음악재단'이 뉴욕에 창설된 것은 1984년 봄이었다. 그때 뉴욕엔 한국계 음악 학생 수가 점점 많아졌고, 줄리어드 음대 예비학교에도 한국 학생들이 단연코 많은 수를 차지하고 있었다. 세계적인 일류 음악 연주가 중에는 유대계 예술가들이 많았는데, 그들을 뒤에서 후원하는 유대계 조직과 단체의 존재는 우리에게 너무나도 부럽게 느껴졌다. 이와 같이 훌륭한 예술가를 후원하고 양성하는 단체를 우리도 만들고자 하는 취지에서 마침 근교에 살던 음악 애호가들이 모여 음악재단을 만들기 위해 움직이기 시작했다.

바리톤 김학근, 지휘자 현종건, 소프라노 이순희 그리고 피아니스트 김태자 등이 모여 김태자 집에서 '홈 콘서트'를 여러 번 가졌다. 김태자 남편 이승호 의사도 적극 협조했다. 나도 그 모임에 참여하기 시작했다. 1984년 어느 날 36가에 있던 한식점 '새집'에서 재단준비 모임이 있었는데, 김학근이 나의 손에 수표를 쥐어주면서 꼭 좀 일을 해달라고 부탁했다. 어려운 생계에도 불구하고 김학근은 수표 1,000달러를 내 손에 밀어줬다. 여러 번 거절해온 나는 더 이상 고집할 수가 없었다. 알고 보니 현종건, 이순희 그리고 김태자가 동의하여 나한테 부탁을 하게 된 것이다. 회장에 김학근, 부회장에 현종건, 총무에 이순희 그리고 재무에 김태자가 맡고 나는 이사장의 직분을 맡게 되었다.

28년이란 오랜 시간이 지나갔다. 재단이 설립된 지 5년도 못 되어서 김학근은 간염복합증으로 별세하고 현종건도 재단에서 물러났다. 이순희는 재단회장직을 충실히 해나가고 있다. 1995년 재무를 맡은 김태자는 삼성문화재단의 후원으로 '세종 솔로이스트'를 줄리어드 바이올린 교수 효강과 그 부인과 힘을 모아 새출발하게 되었고, 음악재단에선 물러났다.

이런 사연으로 나는 많은 한국계 음악인들을 알게 되었고 그들과 우정을 쌓았다. 교류를 통해 친분을 쌓고 있는 음악가들이 너무 많아 이

책 한 권에 모두 포함시키는 것은 무리라고 생각되었다. 앞으로 시간과 힘이 허락한다면 재단 회장 이순희와 함께 한국 음악가들과의 만남을 다룬 『마태 김의 메모아 2』를 쓸 생각이다.

14년 전 나의 오랜 동지인 김윤철 장로를 서울에서 만날 기회가 있었는데, 그때 뉴욕에서 대학을 나와 한국에서 출판사를 경영하고 있는 아들 김광우 씨를 만났다. 이후 다시 서울에서 만난 김광우 씨의 권유에 따라 기억을 더듬어 지면을 채우기 시작했다.

이 책이 나오기까지 여러 사람들에게 도움을 받았다. 나에게는 전문적인 미술사 공부나 미술 비평에 대한 경험이 전혀 없으며, 거주지가 뉴욕이라서 한국 근대 예술가들에 관한 자료를 수집하는 데도 어려움이 있었기에 그런 면을 미술 전문가인 김광우 씨에게 도움을 받기로 했다. 구체적인 사실에 관한 일부 자료는 오광수의 『한국 현대미술 이야기』에서, 또 해금 후에 출간된 『김기림 전집』에서 구했으며, 김하건에 관한 자료는 국립중앙박물관장인 김영나 교수의 도움을 얻었다. 그리고 환기미술관 박미정 관장이 바쁜 중에도 귀중한 시간을 내어 원고를 검토해주고 김환기 작품들을 제공해주었다. 김말봉 장모님에 관한 자료에 대해서는 아내 전재금의 도움을 받았다. 원고를 검토해주고 물심양면으로 사랑과 관심을 아끼지 않은 아내 전재금에게 고마움을 전한다. 또한 나의 부족한 원고를 편집해 세상의 빛을 보게 해준 知와사랑 출판사 김광우 대표에게도 감사드린다. 지금까지 언급한 분들의 수고와 노력이 없었다면 이 책은 나오기 어려웠을 것이다.

지난 일들 중에는 반 세기가 넘는 것도 있고 나의 기억이 그리 뚜렷하지 못한 것도 있으므로 미비한 내용에 대해서는 독자의 양해를 구한다.

2012년 뉴욕에서

마태 김정준

1.

나의 정신적 멘토들:
김기림, 김하건, 이상

나의 고향은

저 산 넘어 또 저 구름 밖

아라사의 소문이 자주 들리는 곳

나는 문득

가로수 스치는 저녁 바람 속에서

여엄-엄 송아지 부르는 소리를 듣고 멈춰 선다.

— 1934년, 김기림

내 고향, 아라사의 소문이
바람을 타고 미치는 곳

시인 김기림은 자신이 태어난 함경북도 최남단에 있는 학성군의 학중을 "아라사의 소문이 자주 들리는 곳"이라고 시적으로 표현했다. 나의 고향 함경북도 경성鏡城은 학중 근처라서 시인이 말한 아라사의 소문이 바람을 타고 미치는 곳이다. 경성에는 사각형 꼴의 치성雉城이 있어 그 성으로 인해 마을이 안팎으로 나눠졌다. 그 성에 관해서는 옛날 임금님께서 꿩이 눈 위에 남긴 발자취를 따라와 지었다는 전설이 구전으로 전해졌다. 치성의 대문 넷 가운데 셋은 없어지고 남대문 하나만 남아 있었다. 성 안에 소학교, 중학교, 고등학교, 군, 면사무소, 경찰서 등이 있었다. 성의 북쪽에는 광장과 버스정류장이 있었다. 버스정류장 건너편에 '치성서원'이 있었고, 그 집 큰아들 김동익은 나와 같은 유치원을 다녔다.

경성에는 병원이 둘 있었다. 하나는 부친께서 경영하신 경성의원이고, 다른 하나는 제동병원이다. 서울의전을 졸업한 부친은 1927년 전라북도 전주에 소재한 병원에서 1년 동안 훈련을 받은 후 고향 함경북도 명천으로 갔으며, 그곳에서 내가 태어났다. 부친은 북쪽으로 더 올라가 경성에 병원을 설립하였다.

제동병원을 설립한 배 원장은 세브란스 의전을 졸업하였는데, 서양식 생활을 해서 마을 사람들의 부러움의 대상이 되었다. 배 원장 댁에는 피아노와 전축이 있었고, 원장은 여학교를 졸업한 부인과 가족을 자동차에 태우고 마을을 빠르게 가로지르며 휴가를 가곤 하였다. 마을의 교회 담임목사도 서양식 생활을 했다. 서양식 삶은 어린 나에게 매우 부럽고 꿈 같은 생활이었다. 그러던 중 배 원장 댁에 비극이 일어났는데, 이화여자대학에 재학 중이던 큰딸이 6.25동란 때 공산당원들에 붙잡혀 서울 삼각지 파출소 뒷마당에서 총살을 당한 것이다. 그분의 아들은 연세대학 의대에 입학했지만, 무슨 연유에서인지 중퇴했다.

부친의 병원은 성업 중이었으며, 1939년 미국에서 GM사의 시보레 승용차를 구입할 정도로 경제적으로 넉넉했지만, 우리 가족에게도 비극이 연달아 일어났다. 어린 동생들이 병사하고, 형마저도 병원 조수의 실수로 세상을 떠나고 말았다. 어머니께선 마을 산에 있는 관해사의 주지를 모시고 떠난 자식들의 명복을 빌고 나서야 겨우 슬픔에서 벗어나셨다. 그러다보니 우리 집은 불교 가정이 되었다.

　나는 해방 이듬해인 1946년까지 경성에서 교육을 받았다. 소학교와 중학교를 그곳에서 마쳤는데, 시골이라서 기억에 남을 만한 일이 별로 없는 어린 시절을 보냈다. 가끔 동해 바다로 해수욕 가는 것이 큰 낙이었다. 이따금 절에 가고 석가탄신일인 초파일에는 절에서 개최하는 행사에 갔으며, 대처승 주지 내외분을 종종 방문하곤 했다. 그 시절 마을의 기차정거장은 나와 아이들의 호기심을 끈 곳이었다. 일본이나 서울을 다녀오시는 부모님을 배웅하거나 마중하러 갔고, 먼 곳에서 마을을 찾아오신 분들을 마중하러 가기도 했다. 그럴 때마다 나는 기차를 타고 낯선 세계, 새로운 세계로 가야겠다는 생각을 하곤 했다.

기차정거장에서 남쪽으로 5분 정도 걸어가면 성 밖에 경성교회가 있었고, 근처에 시인 김기림의 가족이 살았다. 그의 집 오른편에 화가 김하건의 가족이 살았으며, 그 건너편에 제동병원이 있었다. 그 길을 따라 조금 가다가 왼편에 경성병원인 우리 집이 있었다. 우리 집은 이층집이었고, 입원환자 50명을 수용할 수 있는 병동이 큰 길을 끼고 집 건너편에 있었다. 경성병원을 지나 조금 내려가면 왼편에 양복점이 있고,

그 집 뒤 성 아래에 이층 건물이 있었는데, 중학생들이 하숙을 하고 있었다. 영화감독 신상옥도 그곳에서 하숙을 하고 있었다. 아래에는 광장이 있었고, 그곳이 마을의 장터였다. 남대문을 지나 성 안으로 들어가면 오른편에 군, 면사무소가 있었으며, 광장에는 원형 공원이 있었다. 그곳에서 경찰서가 보였다. 경찰서 서장은 일본인이었다. 한인 순사 가또상은 언제나 성난 표정이었으며, 그를 마을 사람들이 두려워했다. 일제 때 경찰서는 마을 사람들에게 공포의 장소였으며, 6.25동란 때에도 공산당이 점령하여 여전히 공포의 장소로 악명 높았다. 고문을 받은 이들이 많았고, 고통에 몸부림치는 사람들의 비명소리가 마을 사람들에게 두려움을 심어주었다.

경찰서 앞길은 국도였고, 국도를 따라 성을 벗어나 한 시간을 가면 동해 바다가 보이는 독진 항구가 나온다. 마을 사람들이 해수욕하러 가던 곳으로, 남쪽의 남대천이 동해로 흘러간다. 동생들과 형의 위패가 안치된 절 관해사는 남대천을 건너 산속에 있었다. 어머니를 따라 그 절에 가곤 했는데, 주지 스님이 늘 온화한 모습으로 우리를 반겨주셨다. 내가 서울대학 의대에 재학할 때 주지 스님께서 하숙집에 오신 적이 있었다. 내 방에는 이탈리아 화가 티치아노의 누드화 〈천상과 세속의 사랑*Sacred* *and Profane*〉이 걸려 있었고, 책상 위엔 성경이 놓여 있었다. 스님은 아무 말씀도 하지 않으시고 부모님의 안부만 전해주셨다. 그때 나는 교회에서 세례 받고 크리스천이 되어 있었다.

나의 스승 김기림

편석촌片石村 김기림金起林(본명 인손仁孫, 1908~미상)에 대한 추억은 경성중학교 시절에서 시작된다. 내가 중학교 1학년에 재학 중일 때 2차 세계대전이 발발했다. 철이 없던 나와 친구들은 일본이 승전하기를 바랐으니 지금 생각해도 아무것도 모를 때였다. 일본의 식민지 정책이 자본주의와 결합된 것임을 알게 된 건 한참 후였다. 이런 사고의 변화가 생긴 건 김기림이 우리 학교에 수학과 영어 담당 교사로 부임한 후부터였다. 그때 일본인 선생들이 줄어들고 한국인 선생들의 수가 늘었으며, 김기림이 우리 학교에 온 건 1941년이었다.

김기림은 임명보통학교를 졸업한 뒤 열세 살 되던 해에 서울로 가서 보성고등보통학교에 입학했지만, 중퇴한 후 일본으로 건너가 입교중학立敎中學을 다닌 뒤 일본대학 문학예술과를 1930년에 졸업했다. 귀국 후 조선일보사 학예부 기자를 지내면서 시「가거라 새로운 생활로」, 「슈르레알리스트」, 「꿈꾸는 진주여 바다로 가자」, 「전율하는 세기」, 「고대苦待」 등을 발표하여 문단에 등단했고, 주지주의에 관한 단상인「피에로의 독백」, 「시의 기술, 인식, 현실 등의 제문제」 등으로 평론계에도 등단했다. 그 후 시창작과 비평 두 분야에서 왕성하게 활동했다. 그의 글을 통해 그가 하이네, 초현실주의, 신민족주의 문학론, 주지주의, 딜레탕티즘 등에 관심이 많았음을 알 수 있었다.

김기림은 1931년에 낙향하여 무곡원武谷園이라는 과수원을 경영하며 창작에 전념하다가 1939년 동북제대東北帝大 영문과를 졸업한 후 다시 조선일보사 기자를 지냈다. 1940년『조선일보』의 강제 폐간으로 실직하자 고향 근처 경성중학교의 영어 교사로 부임했으며, 영어와 수학을 가르쳤다.

김기림의 시 창작과 비평 활동은 순수문학을 표방한 아홉 명의 문인들로 구성된 구인회九人會에 가입한 1933년경부터 본격화되었다.

구인회는 우리나라 모더니즘의 산실이었다. 모더니즘이란 주지주의, 다다이즘, 큐비즘, 미래파, 이미지즘, 초현실주의, 신심리주의 등 근대 문예사조를 통칭하는 말이다. 주지주의를 김기림이 도입했고, 정지용을 비롯한『시문학』파가 이미지즘의 영향을 받았다. 또한 이상이 초현실주의를 도입했으며, 신심리주의는『34문학』,『단층』동인 등에 의해 활발하게 그 이론이 소개되고 창작이 이뤄졌다. 다양한 사조들을 도입한 여러 작가들의 작품이 많이 있지만 우리나라에서의 모더니즘은 주로 이미지즘과 주지주의로 이해되고 있다. 영국의 시인이자 비평가 토머스 어니스트 흄에서 미국 태생의 영국 시인 엘리어트로 이어지는 주지주의가 김기림에 의해 창작적 실천으로 이뤄졌다. 에즈라 파운드의 이미지즘은 김광균에 의해 적극 소개되었다. 김기림은 이전의 낭만주의와 상징주의 시와는 다른 새로운 시가 출현해야 한다면서 이를 흄에게서 배워야 한다고 주장했다.

김기림이 우리나라 현대시의 선구적인 위상을 나타낸 건 스물여덟 살 때 첫 시집『기상도氣象圖』(1936)를 출간하고 3년 후 두 번째 시집『태양의 풍속風俗』(1939)을 출간하여 주지주의의 성격, 회화적 이미지, 문명 비판의식 등을 고취시킨 후부터였다. 그는 「현대시의 기술」(1935), 「현대시의 육체」(1935), 「모더니즘의 역사적 위치」(1939) 등 주지주의 시론과 「바다의 향수」(1935), 「기상도」(1935) 등 중요한 시들을 계속 발표했다.

김기림은 결혼했지만, 건강문제로 1년도 유지하지 못한 채 이혼하고 말았다. 친구의 주선으로 재혼한 그는 경제적으로 안정을 찾기 위해 1941년 경성중학교로 부임해온 것이었다. 일제의 탄압이 극에 달하자 감시에서 벗어나기 위해 시골 학교로 피신한 것이라는 생각이 든다.

경성 서북쪽 매향리와 연사군 삼포리의 경계에 관모봉冠帽峰이 의젓하게 자리 잡고 있다. 기반암이 화강암과 화강편마암인 관모봉은 백두산 다음가는 높은 산으로 높이가 2,540m이며, 한반도의 지붕이 되는 개마고원 북동쪽에 있다. 동북쪽에서 서남쪽으로 뻗어내린 함경산맥의 주봉이며, 주변 일대에 남관모, 서관모, 북관모, 중관모, 동관모, 홍대봉 등 2,000m의 고봉이 서른 개 남짓 솟아 있어 험준한 산악지대를 이룬다. 관모봉 일대는 산림자원이 매우 풍부한 곳으로 식물의 수직분포가 뚜렷하게 나타난다. 1,000m 이상 높은 곳에는 물푸레나무, 피나무, 참나무 등 활엽수가 점차 적어지고 침엽수가 주로 나타난다. 1,400~1,800m

높은 데는 가문비나무, 분비나무, 잎갈나무 등 침엽수가 주종을 이룬다. 그 이상 올라가면 나무는 보이지 않고 눈잣나무, 만병초, 담자리꽃나무, 범꼬리, 노랑제비꽃 등 250여 종의 고산식물 군락이 나타난다. 관모봉에 서식하는 큰곰은 북한의 천연기념물로 지정되었다. 큰곰 외에도 그곳에는 산양, 사향노루, 멧돼지, 검은담비, 오소리 등이 서식한다.

9월이 지나면 관모봉은 벌써 눈을 뒤집어쓴다. 찬란한 가을 햇빛이 봉우리의 눈을 멀리까지 반사한다. 산 중턱은 붉은 단풍으로 채색된다. 김기림은 종종 강의를 멈추고 산을 바라보았다. 그러면 우리의 시선도 모두 그 산을 향한다. 고향 산의 모습이 마음속에 깊이 새겨져 지금 글을 쓰고 있는 내 눈에도 선하다. 김기림은 우리에게 말했다. 우리의 인생도 자연을 본받아 머리엔 관모봉의 절정처럼 냉철한 이성을 갖추고, 그 아래 가슴엔 산 중턱의 단풍처럼 정열을 불태우며, 산에 흐르는 깨끗한 물과 뾰족한 암석과 같은 정기를 몸에 갖추라고.

하루는 김기림이 미분적분을 강의하던 중에 그만 길을 잃고 설명이 길어졌다. 선생이 길을 잃었으므로 우리도 미로를 헤매게 되었다. 김기림은 안내인을 따라 제주도 한라산에 올랐던 이야기를 꺼냈다. 안내원이 길을 잃더니 지나온 계곡들을 가리키면서 그 아름다움만 자랑하더라고 했다. 그러면서 자신도 안내원처럼 변명을 하고 있는 것이라고 말해 김기림과 우리 모두 한바탕 웃었다.

수업시간에 김기림은 폴 발레리에 관해 말했다. 발레리는 일찍이 18세에 시작詩作에 몰두하고, 스테판 말라르메에게 인정을 받아 그의 제자가 되었다. 발레리는 앙드레 지드와 평생 우정을 나누며 타계할 때까지 새벽에 일어나 글을 쓰는 습관을 유지한, 화산처럼 분출하는 창작의 혼을 가진 프랑스가 자랑하는 시인이다. 김기림이 그에 관해 말할 때 발레리는 70세의 고령으로 생존하고 있었다. 김기림은 한국인은 감정에만 호소하는 문학에서 벗어나야 한다고 했다. 시골학교의 학생이던 우리는 김기림 덕분에 상징주의 시의 정점에 도달한 위대한 시인의 문학 세계를 접할 수 있었다. 김기림이 교사로 있다는 것만으로도 우리에겐 용기가 되었고, 보다 넓은 세계로 나가고 싶은 충동이 생겼다.

김기림이 경성중학교에 재직한 기간은 3년이었고, 우리 반 담임을 2년 동안 맡았다. 민족의식이 싹트기 시작한 우리는 김기림이 한국의 보배와도 같은 분이란 걸 깨달았다. 그분의 풍부한 지식, 정체성, 세련된 인품은 우리가 닮고 싶은 대상이 되었다.

화가 김하건의 부임

얼마 후 경성중학교에 김하건이 미술교사로 발령을 받아 왔다. 초현실주의 그림을 그린 그는 고향에 교사로 오기 전 전위적 미술단체인 미술문화협회 회장 후쿠자와 이치로福澤一郎를 포함하여 테라다 마사아키, 후루자와 이와미, 기카와키 노보루, 아이 미츠, 사이토 요시시게, 스기마타 타다시 등 40여 명의 화가들과 어울리며 1940년 4월에 창립전을 열고 공모작을 포함해 무려 227점을 발표했다.

미술문화협회에서 두드러지게 활약한 한국인 화가는 김자영웅金子英雄(전형적인 한국계 이름으로 일본어로는 가네코 히데오)과 김하건이었다. 김자영웅은 다섯 차례 모두 참여하고 김하건은 제2, 3, 4회 세 차례 참여했다. 김자영웅은 창립전에 〈풍경 1〉, 〈풍경 2〉, 〈풍경 3〉을 출품한 후 미술문화상을 수상하고 제3회전에서 회원으로 추대되었으며, 김하건은 제3회에 〈녹綠의 교향악〉, 〈십구十九의 기원〉, 〈항구의 설계〉, 〈밤의 정거장〉을 출품한 후 미술문화상을 수상하고, 제3회 때에 회원으로 추대되었다.

김하건은 동경미술학교에 재학할 때인 1941년에 출품하고 이듬해에는 회원으로 추대되는 등 왕성한 활동을 했지만 아쉽게도 현존하는 작품은 자화상 한 점뿐이다. 사진으로 남아 있는 제3회전 출품작 〈항구의 설계〉를 보면 외딴 건물이 있는 한적한 바닷가를 배경으로 책상 위에 피라미드와 원구가 있어, 이탈리아 화가로 초현실주의의 선구자인 조르조 데 키리코와 스페인 화가로 초현실주의의 대표적인 인물 살바도르 달리의 사차원의 공간 혹은 초현실의 공간이 있는 작품을 연상시킨다. 김하건은 고향 경성으로 돌아와 1943년 8월 12일~16일 청진의 궁내대환宮內大丸에서 청진일보사 북선문화회와 경성중학교 동창회 주최로 '김하건 서양화 개인전'을 열었다. 카탈로그에 30여 점의 작품 목록과 함께 미술문화협회의 후쿠자와 이치로, 테라다 마사아키 그리고 동경미술학교 교수 타나베 이치로 등의 격려사가 실렸다. 그는 1942년 '신로망파 협회전'에 참여하기도 했다. 김하건은 6.25동란 때 인민군으로 싸우다 전사한 것으로 알려졌다.

김하건이 경성중학교에 와서 김기림을 만난 건 두 사람에게 다행한 일이었다. 두 사람 모두 서양 문화를 받아들였고, 일제하에서 보기 드문 한국인 아방가르드 지식인이었다. 다행히도 경성중학교 교장 가메야마는 인격을 갖춘 사람이었다. 중간 크기의 비대한 몸을 한 그는 선불교의 영향을 받아 아량이 있었고 덕을 갖춘 인물이었다. 배짱도 두둑한 그는 한국인의 긍지를 인정하고 매사에 너그러웠다. 일본인 선생이 분을 참지 못하고 학생들에게 매질을 가하면 가메야마는 몸소 뛰어들어 말리고 그러지 못하게 했다. 헌병대와 경찰이 이따금 한국 학생과 선생을 찾아올 때면 그는 나서서 더 이상 불쾌한 일이 벌어지지 않도록 무마했다. 일본인 체육교관이 학생들에게 엎드려뻗쳐를 시키고 검도채로 머리를 후려갈기자 가메야마가 뛰어와 말리고 그 교관을 징계한 적도 있었다.

김기림과 김하건이 물의를 일으키지 않고 조용히 후학에 힘쓴 건 가메야마 교장 덕택이라고 생각한다. 김기림은 일본 당국의 요주의 인물이었다. 그러나 가메야마 교장이 재직하는 동안에는 별일 없이 조용히 지내고 있었다.

그 시기에 나의 사촌형 김창준이 동경에서 유학하다 폐결핵에 걸려 강원도 평강에 소재한 요양소에 와 있었다. 박식했던 사촌형은 병세가 호전되자 요양소를 나와 부친이 운영하던 병원집에 와 있었다. 김기림과 더불어 사촌형은 내게 스승과도 같았다. 김기림은 이따금 사촌형을 만나러 오곤 했는데, 집안으로 들어서면 한국말을 하기 시작했다. 그는 돌아갈 때 전송하는 나에게 "입조심하게" 하고 말하기도 했다.

일제의 방침에 따라 우리는 근로동원에 소집되어 근처에 있는 청진제철소에 가서 일해야 했고, 검도 강당에서 유숙하기도 했다. 나는 집에 있던 소형 축음기를 가지고 가서 저녁식사를 마친 후 김하건과 학생들과 함께 베토벤, 모차르트, 브람스, 멘델스존의 음악을 듣곤 했다. 김하건은 친절하게 음악을 해설해주셨다. 점심시간엔 청진 해변으로 가서 에두아르 마네, 클로드 모네, 폴 세잔 등의 작품집을 보면서 19세기 후반 프랑스 화가들의 작품을 감상했다. 김하건 덕분에 우리는 클래식 음악을 해설과 함께 즐길 수 있었고, 모던 아트도 감상할 수 있었다.

김하건의 처남이 우리 그룹에 끼어 있었다. 추상화를 그린 그는 피아노를 연주하며 서양 음악을 즐겼다. 그를 통해 난 처음으로 현제명 작곡의 성악곡을 배울 수 있었다.

어느 날 김기림이 돌연 사라졌다. 그는 사직서를 내고 중학교를 떠났는데, 필경 비밀경찰의 감시에서 벗어나기 위해서였던 것 같다. 김기림의 자진 행방불명은 김하건과 일부 학생들에게 잊을 수 없는 사건으로 받아들여졌다.

　　가메야마는 1945년 4월 전라남도에 소재한 중학교 교장으로 전근해갔다. 후임으로 온 교장은 짐도 채 풀기 전에 소련군에게 모욕을 당했고, 그의 부인은 강간까지 당하는 수모를 겪었다.

김기림과 이상의 시세계

1950년 6월 25일 새벽 4시경, 북한군이 38선을 넘어 남침하면서 동족 간에 전쟁이 시작되었다. 6월 28일 새벽 2시 30분에 한강대교가 폭파되었다. 서울이 공산당의 손에 넘어갔다. 7월 14일 남한 정부로부터 군사지휘권을 넘겨받은 미군이 9월 15일에 인천 상륙작전을 펼쳤다. 중국군의 개입으로 전세가 역전되기 전까지만 해도 미군은 10월 19일에 평양을 함락할 정도로 기세가 등등했다. 전쟁이 일어난 지 3개월 후 서울이 잠시 탈환되었을 때, 나는 진해에서 다시 만난 부친의 친구로부터 큰돈을 받았다. 김기림이 납북됐다는 소식을 듣고 돈의 일부를 가지고 그의 집으로 갔다. 김기림의 부인은 외출 중이었고 큰아들이 있었다. 그에게 돈을 건네주었다. 그리고 1년 후 나는 미국으로 향했다.

줄리어드 음대 예비학교의 교사 정순빈은 김기림의 누이 김선덕의 딸이다. 정순빈은 1958년 9월 26일 이화여대 대학원 석사학위과정 졸업 피아노 독주회를 대학원 강당에서 연 후 미국으로 향했다. 세월이 한참 흐른 후 1968년에 정순빈은 우리 아이들에게 피아노를 가르쳤다. 김선덕도 수차례 우리 집에 와서 동생 김기림에 관해 많은 이야기를 하곤 했다. 김기림의 사상 연구에 누이의 증언이 중요한 역할을 했다. 김기림은 일찍이 1935년 2월 10일 『조선일보』에 기고한 「기교주의의 발생과 환경」이란 제목의 글에서 "시적인 사고나 감정은 아마도 만인에게 속한 것 같다. 그것을 가지는 것이 반드시 시인의 특권은 아니다. (……) 그러므로 어떠한 사람이건 문자를 아는 한도 안에서는 시를 쓸 수조차 있는 것이다"라고 하여 모든 사람이 시인이 될 수 있다는 열린 생각을 가지고 있었다. 그는 "환경과 시대가 던져주는 우연의 은덕으로 그중의 몇 사람은 다행하게도 시인이라고 불려질 수조차 있다"면서 범인과 시인의 차이를 비범한 표현력으로 꼽았다. 같은 제목의 글에서 그는 그 차이를 다음과 같이 지적했다.

나는 여기에 한 사람의 시적 범인으로부터 천재에 이르는 세 단계를 가설하려고 한다.
1. 평범한 시적 사고나 감정을 '소유'한 자. (물론 그것을 더욱 빈약한 표현을 빌어서 시에 담아놓는 사람들까지 포함한다.)
2. 천재적인 시적 사고나 감정은 가졌으나 표현력에 있어서 부족한 자.
3. 뛰어난 시적 사고나 감정을 훌륭한 표현력으로써 구상화할 수 있는 자.
나는 여기서 조심성 없이 '천재'라는 말을 썼으나 그것은 역시 편의상의 가정에 불과하다.

위의 세 가지를 김기림은 시인의 내적 발전의 단계로 보았다. 그는 영감이란 말이 시인의 특권으로 사용되는 데 반대하면서 감흥이란 말을 사용하여 시인의 속성을 보편화했다. 그의 시론을 살펴보면 1933년 『신동아』지에 기고한 초기 시론 「포에지와 모더니티」에서는 이미지즘과 주지주의가 혼재되어 나타나지만, 1935년에 발표한 「기교주의의 발생과 환경」에 이어서 같은 해에 『조선일보』에 기고한 일련의 시론들에서 선명하게 주지주의를 표명하고 동시에 기교주의에 대해 비판하고 있음을 볼 수 있다. 그는 1935년 4월 28일 『조선일보』에 기고한 「고전주의와 로맨티시즘(속)」에서 다음과 같이 주장했다.

> 비인간화한 수척한 지성의 문명을 넘어서 우리가 의욕하는 것은 지성과 인간성이 종합된 세계가 아니면 아니 된다. 우리들 내부의 센티멘털한 동양인을 깨우쳐서 우리는 우선 지성의 문을 지나게 하여야 할 것이다. 만약에 시詩가 피동적으로 현대문명을 반영함으로써 만족한다면 흄이나 엘리어트의 고전주의가 바른 것이 될 것이다. 그러나 우리의 시 속에 현대문명에 대한 능동적인 해석-비판을 구한다면, 그것은 그 속에 현대문명의 발전의 방향과 자세를 제시하고야 말 것이다.

김기림은 이미지즘이 중시되던 초기 모더니즘을 비판하고, 새로운 시는 시대의 정신을 담아야 한다고 주장했다. 그는 이미지즘에 나타나는 기교주의를 극복하고 사상과 기교를 통일할 것을 제안했다.

김기림과 이상의 시비詩碑

1990년, 나는 김기림과 그의 친구 이상李箱(1910~1937)의 문학비가 같은 장소에 제작 설치되는 과정을 지켜보았다. 두 사람의 모교인 서울 보성고등학교에 이상 문학비와 시비詩碑 그리고 김기림의 시비가 같은 해에 세워졌다.

1934년 구인회에 가입한 본명이 김해경인 이상은 김기림과 각별한 사이였는데, 그가 1936년 11월 일본으로 간 것도 김기림과 화가 구본웅의 영향이었다. 구인회에 가입하던 해 7~8월에 이상은『조선중앙일보』에 연작시「오감도烏瞰圖」를 연재했지만, 독자들의 비난으로 중단했다. 이상은 구본웅이 경영하던 창문사에서 구인회 동인지『시와 소설』을 편집했으며, 다수의 시와 소설『지주회시』,『날개』,『봉별기逢別記』,『동해童骸』 등을 발표했다. 1930년대에 구본웅이 유채로 그린 이상의 초상화가 현재 국립현대미술관에 소장되어 있어 요절한 당시의 모습을 알 수 있다.

이상은 동경에 도착하자마자 김기림을 만났다. 두 사람은 다음의 목표로 파리 유학을 약속했지만, 그 꿈은 두 사람 모두에게 이뤄지지 못했다. 그들은 서양의 첨단 문화 속으로 들어가고 싶어 했던 것이다. 이상은 동경에 체류할 때 사후 발표된 소설『종생기終生記』와 수필『권태倦怠』를 썼다. 그는 1937년 일본 경찰에 의해 불온하고 불량한 조선인이란 뜻의 불령선인不逞鮮人으로 검거되어 2월 12일부터 3월 16일까지 구금되었다. 이후 건강 악화로 풀려나 동경대학 부속병원에 입원했으나 4월 17일에 27세의 나이로 세상을 떠났다.

김기림은 이상이 경찰에 감금되기 전에 급한 일로 고향으로 향했으므로 자신과 더불어 모더니즘의 대표 주자인 친구를 더 이상 만날 수 없게 되었다.

1990년은 이상의 탄생 80주년을 기념한 해였다. 문학비 앞에 설립된 시비에는「오감도烏瞰圖」가 새겨졌다. 1934년 7월 24일『조선중앙일보』에 기고한「오감도」는 초현실주의 시로 다음과 같다.

13인의아해兒孩가도로로질주疾走하오.

(길은막다른골목이적당하오.)

제1의아해가무섭다고그리오.

제2의아해가무섭다고그리오.

제3의아해가무섭다고그리오.

제4의아해가무섭다고그리오.

제5의아해가무섭다고그리오.

제6의아해가무섭다고그리오.

제7의아해가무섭다고그리오.

제8의아해가무섭다고그리오.

제9의아해가무섭다고그리오.

제10의아해가무섭다고그리오.

제11의아해가무섭다고그리오.

제12의아해가무섭다고그리오.

제13의아해가무섭다고그리오.

13인의아해는무서운아해와무서워하는아해와그렇게뿐이모였오.

(다른사정은없는것이차라리나았소.)

그중에1인의아해가무서운아해라도좋소.

그중에2인의아해가무서운아해라도좋소.

그중에2인의아해가무서워하는아해라도좋소.

그중에1인의아해가무서워하는아해라도좋소.

(길은뚫린골목이라도적당하오.)

13인의아해가도로로질주하지아니하여도좋소.

이상의 문학비는 그의 아내였던 변동림卞東琳[*]이 기증한 것이다. 1916년 서울에서 태어난 변동림은 화가 구본웅의 계모 변동숙의 이복 동생으로 경성여자고등보통학교(경기여고)를 거쳐 이화여자전문학교 영문과를 중퇴하고 1930년대 중반부터 문인으로 활동하기 시작했다. 그녀가 이상과 결혼한 건 1936년이었다. 결혼 3개월 만에 이상이 일본으로 건너가 1937년 4월 동경에서 폐결핵으로 타계했다.

이상의 문학비를 제작한 사람은 한용진韓鏞進으로 뉴욕에 거주하며 활동하는 조각가다. 조각가 김종영과 화가 장욱진의 제자로 그의 작

---

[*]   1916~2004, 필명 김향안金鄕岸. 후에 화가 김환기의 부인이 되었으며 환기재단, 환기미술관 설립자이기도 하다.

품 특징을 말하자면 작지만 수줍어하는 듯이 보이는 아름다움과 자연
의 투박함이다. 나는 작업장에 자주 가서 문학비가 제작되는 과정을 지
켜보았다. 문학비의 작은 모델도 돌로 제작되었으며, 현재 나의 소장품
으로 남아 있다.

그해 6월 9일에 김기림의 시비도 제작되었다. 이 기념사업회는 김
기림의 시론과 시에서 영향을 받아 "시는 회화다"라는 이미지즘을 실천
한 김광균의 주도로 이뤄졌다. 김광균은 도시적 소재와 공감각적 이미
지를 즐겨 사용했으며, 이미지의 공간적 조형을 시도한 점에서 주목을
받은 시인이다. 그는 김기림의 시비를 건립하고 3년 후에 타계했다. 시
비의 건립에 김광균 외에 구상, 조병화, 김기림의 제자 김규동도 참여
했다.

서울시 송파구 방이동에 소재하는 보성고등학교에 세워진 김기림
시비에는 그의 시 「바다와 나비」가 적혀 있다.

아모도 그에게

수심水深을 일러준 일이 없기에

흰나비는 도모지

바다가 무섭지 않다.

청靑무우 밭인가 해서

나려갔다가는

어린날개가 물결에 저러서

공주처럼 지처서 도라온다.

3월三月달 바다가

꽃이 피지 않아서 서거푼

나비 허리에 새파란

초생달이 시리다.

자랑스러운 고향 사람들

함경북도에서 가장 훌륭한 시설과 전통을 자랑하던 경성중학교는 일본 당국에는 귀찮은 존재였다. 1926년에 창설된 이 학교에서 1929년 11월 3일 광주에서 일어난 학생들의 항일투쟁운동에 전 학생이 찬성하여 동맹휴학하는 운동이 일어났다. 항일운동의 근원지인 호남지방에서 1928년 4월 16일에 광주 송정리에서 항일격문사건抗日檄文事件이 일어나고, 4월 28일에는 전북기자대회사건全北記者大會事件이 발생했다. 이어서 6월 2일에 이리 동양척식주식회사 습격계획이 탄로났으며, 8월 5일에는 전남 소년연맹결성운동이 일어났다. 불의에 항거하여 한걸음도 물러서지 않는 호남인 기질 때문에 광주학생운동이 일어나게 된 것이다. 경성중학교는 1930년 전 학생이 동맹휴학하고 독립만세사건에 참여하여 300명이 퇴학당했고, 3명이 1년 형을, 8명이 8개월 형을 받았다.

일본 당국은 학교 운동장을 둘러싼 성 위 늠름하게 자란 소나무를 모조리 베어버리고 그곳에 작은 신전을 건립한 뒤 일왕이 쓴 글을 모신 전각을 앞마당에 세웠다. 이것이 학생들로 하여금 반일감정을 더욱 키

우게 만들었다.

2차 세계대전이 막바지에 이르면서 미국의 B29폭격기가 고향 상공에 나타나기 시작했다. 흥분한 우리는 환호를 보냈다. 반일감정을 드러낸 학생들이 일본 경찰서에 끌려가기 시작했다. 한국인 순사들이 일본 경찰의 앞잡이노릇을 하며 제 동족을 끌고 갔다. 교회에서 결성한 독서회 회원들도 많이 끌려갔다. 그중에 서경수도 포함되어 있었다. 그들은 해방이 되고서야 풀려났다.

6개월 동안 옥고를 치른 서경수는 1946년 서울대학 문리과에 입학하여 종교학을 전공하며 불교에 심취한 뒤 개종했다. 훗날 그는 팔만대장경 번역에 참여하여 업적을 남겼고, 불교신문사에서 주필로 활약하며 대학생들의 불교운동을 이끌었다. 인도로 가서 불교를 연구한 그는 불교입문서『세속의 길 열반의 길』외에도『불교적 인생』,『밀린다왕문경』,『인도 그 사회와 문화』,『인도불교사』등을 집필하여 한국 불교계에 크게 기여했다.

해방이 되자 일제의 식민통치에서 벗어난 감격도 잠시, 이남과 이북 모두 극우와 공산당 세력으로 몸살을 앓았다. 김하건은 남쪽으로 내려가 자신이 설 곳을 찾다 환멸을 느끼고 다시 고향으로 돌아왔다. 그 후 그의 소식을 아는 이가 없었다. 소문에 의하면 평양에서 김일성 초상을 그리는 화가가 되었다고 한다. 우리나라 사람들이 북한 예술가들의 생애와 활약상을 조금이나마 알게 된 건 1990년대에 들어서다. 평양 문학예술종합 출판사가 1999년에 발간한 『조선력대미술가편람』은 평양의 김관호를 시작으로 북한에 미술계를 세우고 이끈 예술가들의 윤곽을 파악하게 해준다. 서양의 모더니즘 미술 도입기에 활동한 예술가들 가운데 문석오, 문학수, 최연해, 선우담, 림홍은, 오택경, 박영익, 황헌영의 뒤를 이어 김하건의 이름이 정관철, 김건중, 한상익, 정보영, 곽흥모, 김민구, 김석룡 등과 함께 기술되어 있다. 일제강점기에 화단에 데뷔한 이들 대부분은 일본으로 가서 미술을 배웠으며, 조선미전을 중심으로 활약했다.

경성중학교는 많은 인재를 배출했는데, 우리의 1년 선배로 경성에서 태어난 김규동金奎東(1925~2011)은 김기림의 영향을 받아 후일 주지주의 경향을 띤 문명비판 논리를 편 시인이 되었다. 그는 초현실주의 시를 많이 썼다. 그는 1970년대 중반에 백낙청, 김정한, 김병걸, 고은 등의 문인들과 함께 민주회복국민회의에 참여하고, 자유실천문인협의회(1974), 한국민족예술인총연합, 민족문학작가회의(1989) 고문 등을 역임

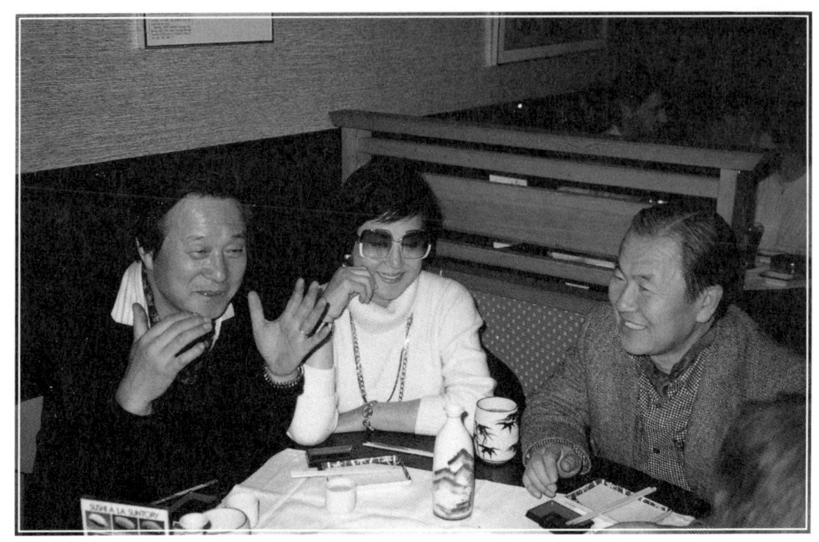

1986년, 북한 탈출 후 워싱턴에서 ● 왼쪽부터 신상옥, 최은희, 김마태(한용진 찍음)

하면서 민족문학 진영을 이끌었다.

우리의 1년 선배로 시인 공중인孔仲仁(1923~1965)도 있다. 함경남도 이원에서 태어나 경성중학교를 졸업한 그는 1946년에 남쪽으로 내려가 김윤성, 정한모 등과 『시탑詩塔』 동인으로 시를 발표하고, 1949년에 『백민白民』지에 「바다」, 「5월송伍月頌」 등의 작품으로 문단에 데뷔했다.

또 다른 1년 선배로 훗날 영화감독이 된 신상옥申相玉(1926~2006)

은 교련 선생에게 밉보여 복도에 꿇어앉는 벌을 받았다. 함경북도 청진에서 태어난 신상옥은 경성중학교와 고등학교를 졸업한 후 일본으로 건너가 동경미술전문학교에서 3년 동안 미술을 공부하고 해방되던 해에 귀국하여 영화감독 최인규를 만나 영화와 인연을 맺었다. 최인규가 감독한 영화 〈자유부인〉(1946)에서 미술감독을, 〈독립전야〉(1948)에서 조감독을 거친 후 1952년에 〈악야〉를 직접 연출하면서 영화감독이 되었다.

신상옥과 가까웠던 친구 중에 신동헌申東憲(1927~)이 있었다. 다재다능한 신동헌은 바이올린을 잘 연주했고, 학교에서 나팔을 불었으며, 도화 시간에 탁월한 스케치로 재능을 나타냈다. 그뿐 아니라 수학에도 재능을 나타내 모든 학우의 선망의 대상이 되었고, 서울대학 공대 건축과에 쉽게 합격하여 뛰어난 재능을 다시금 확인시켜주었다. 훗날 그는 만화가로 성공했는데, 음악에 대한 사랑이 매우 커서 1997년에 클래식 음악사를 만화로 알기 쉽게 풀어 쓴 『재미있는 음악사 이야기』(서울미디어)를 출간했다. 이 책은 『재미있는 클래식 길라잡이』, 『음악가를 알면 클래식이 들린다』에 이어 세 번째 음악 관련 저서였다. 『재미있는 음악사 이야기』는 260여 점의 삽화와 재미있는 에피소드들이 곁들여져

세계 음악사를 지루하지 않게 이해할 수 있는 책이다. 어릴 적부터 클래식광이었던 그는 만화작업 틈틈이 클래식 음반 5천여 장을 모을 정도로 대단한 음악애호가였다. 음악에 대한 그의 사랑은 식을 줄 몰랐으며, 2002년에 『지휘자들의 익살』이란 책을 다시 출간했다. 그의 동생 신동우 만화가는 1967년에 우리나라 최초의 장편만화영화 〈홍길동〉을 제작하여 대종상을 수상했다.

2.

끝뫼 김말봉과의 인연

김말봉과의 첫만남

1948년, 나는 서울대학 의예과에 재학 중이었다. 그때 나의 마음을 사로잡은 여성이 S양이었다. 그녀를 만나게 된 건 나의 조카 김성음을 통해서였다. 두 사람 모두 이화여자고등학교에 재학 중이었다. 김성음은 학생회 음악부장으로, S양은 문예부장으로 교내 활동을 왕성하게 하고 있었으며, 두 사람은 가까운 친구 사이였다. 김성음이 S양의 오빠 K군과 교제하고 있었으므로 자연스럽게 나는 K군의 친구가 되었다. 평양 출신의 K군 부친은 전통 기독교 집안 사람으로 농림부 장관을 지냈다.

K군은 곱슬머리에 용모가 단정하고 또래 여성들의 눈길을 끌 정도로 미남이어서, 뭇 여성들에게 선망의 대상이었다. 근대 공업교육의 최고학부 서울공과대학에 재학 중이던 K군과 S양 덕택에 처음으로 나는 매력 있고 유식한 여학생들을 알게 되었다. S양은 고등학교에 재학할 때 희곡을 쓸 정도로 문학에 재능이 있었다. 지성과 매력적 용모를 갖춘 그녀는 교사들의 사랑을 독차지했다.

K군과 자주 어울리면서 자연스럽게 나는 S양의 지성과 매력적 용

모에 마음이 끌렸다. 바라던 대로 나는 S양과 데이트하게 되었다. 나는 한강 철교 아래에서 보트를 빌려 그녀를 태우고 상류를 향해 노를 저었다. 상류 어느 지점 모래사장에서 우리는 모래장난을 하기 시작했다. 데이트의 클라이막스가 마주 앉아 모래 굴을 파는 것이었다. 굴이 연결되는 순간 우리 두 사람의 손이 맞닿았다. 순간 전기에 감전된 듯 나의 몸이 마비되는 걸 느꼈고, 처음 겪는 황홀감으로 인해 놀라움과 함께 잠시 정신이 나간 듯 멍해졌다. 애틋한 느낌을 마음에 소중히 간직한 채 나는 그녀를 보트에 태우고 하류 철교 아래로 돌아왔다. 그 후 데이트는 계속되었다.

하루는 S양의 집을 방문하고 시간 가는 줄 모르고 대화에 푹 빠져 있다가 통행금지 시간이 임박한 걸 알고 서둘러 귀가한 날도 있었다. 그날 도동 옆 큰길을 지나 남대문 파출소를 경유해서 만리동으로 가고 있었는데, 그만 통행금지에 걸리고 말았다. S양의 시계가 고장이 나 작동이 멈춘 것이 원인이었다. 나는 경찰서로 실려가 그곳 마당에서 날이 밝을 때까지 유치되었다. 달랑 셔츠 하나만을 걸친 상태였으므로 새벽의 공기가 차가웠고, 온몸에 소름이 끼쳤으며, 자정에서 날이 밝기까지 그렇게 오래 걸린다는 걸 몸소 체험한 건 처음이었다.

　　지방에 다녀온 K군이 한 주가 지나도 내게 오지 않았다. 자주 만난 사이라서 한 주나 지났다는 건 무슨 일이 생긴 것이 틀림없다고 판단해도 될 정도였다. 오빠가 요즘 여류 소설가의 집을 자주 방문한다고 S양이 말해주어 그가 내게 오지 않은 까닭을 알게 되었다. S양의 말로는 오빠가 소설가의 예쁜 딸에게 호감을 갖고 있다는 것이다. K군은 계속 날 만날 생각을 하지 않았다.

　　이런 일이 있기에 앞서 K군은 1948년 늦가을에 마산에 소재하던 결핵요양소에 친구를 만나러 갔다. 그는 그곳에 요양 중이던 젊은 환자를 알게 되었는데, 그가 끝뫼 김말봉의 아들 영이었다. 영을 통해 그가 당대의 유명한 소설가 김말봉을 알게 된 것이다. K군은 문학을 꿈꾸는 많은 젊은이들 틈에 끼어 여류 소설가의 집을 드나들면서 저녁식사에 초대도 받았다.

　　1949년 1월 31일 오후 6시, 정전 상태로 온 거리가 어두운 가운데 나는 S양과 함께 용산구 동자동 18번지에 소재한 김말봉의 집 현관에 들어섰다. "주인 계십니까?" 하고 말하자 젊은 여인이 남포등을 밝히며 우리 앞에 나타났다. 까만 치마에 자주색 깃의 흰 저고리 차림에 녹색 스웨터를 걸친 여인은 매우 얌전해 보였다. 그 여인은 한국 신학교에 재학 중이던 학생이었다. 그 여인이 S양과 미소로 인사를 나누었는데, 둘이 서로 아는 사이였다. "친구 K군이 여기 있다기에 예고 없이 찾아온 것인데 죄송합니다" 하는 나의 설명은 그리 의젓하지 못했다. 그 여인은 식사 중이라면서 일단 들어와 방에서 기다리라고 했다. 나는 빈 방에서 막연한 기대감과 호기심에 사로잡혀 있었다.

그 순간이 나의 일생을 변화시킬 결정적인 동기가 될 줄은 상상조차 하지 못했다. 잠시 후 김말봉과 K군이 방으로 들어왔다. 여사는 몸이 부한 편이고 얼굴이 둥글었다. 이따금 입가에 미소를 띠며 영어를 종종 사용하며 말하는 유명 소설가와의 첫 만남은 무척이나 인상 깊었던 경험으로, 그때 받은 여사의 인상은 60년이 지난 지금도 변치 않고 마음속에 생생하게 남아 있다. 당시 서울에 온 지 2년이나 되었지만, 여전히 강한 함경도 사투리가 나의 말 속에 남아 있었으며, 무엇보다도 내가 접하는 사회는 매우 협소했다. 그날에야 나는 비로소 넓은 세계를 경험했다. 젊은 여학생과 함께 방문한 나는 여사의 놀림감이 될 수밖에 없었다. 즐거운 대화의 시간이 어찌나 빠르게 지나갔던지 통행금지가 원수와도 같았다. 다시 찾아뵙겠다는 말을 남기고 그곳을 떠나면서 내 머릿속은 온통 다시 방문할 생각뿐이었다.

김말봉의 생애

끝뫼 김말봉은 1901년 경남 밀양에서 태어났다. 딸만 넷을 둔 집안에 막내딸로 태어나 끝봉이란 뜻의 말봉末峰이란 이름을 얻었다. 다섯 살이 되도록 어머니가 사내아이의 옷을 입혀서 키웠다고 한다. 언니 셋을 둔 가정에서는 아들이 너무나도 부러웠고, 활발하고 명석했던 말봉은 어머니의 원대로 아들 역할을 잘해냈다. 동네 아이들과 소꿉장난을 할 때면 말봉은 신랑이나 머슴 역할을 맡았고, 계집애들과 함께 놀다가 재미가 없으면 차려놓은 밥상을 엎어버린 후 도망쳤다고 한다. 어느 노인이 사내 옷을 입은 어린 말봉을 보고 "애, 고추 좀 보자" 하고 말하자 그녀는 "밀양 가는 기차를 놓칠까봐 너무 빨리 뛰어가다 그만 고추를 떨어뜨렸습니다" 하고 응답했다고 한다.

어려서부터 작문에 탁월한 그녀가 쓴 글을 읽은 선생님은 "이런 글을 한 달에 한 번씩만 읽을 수 있다면, 고기를 먹지 않고도 살 수 있겠다"고 칭찬을 아끼지 않았다고 한다.

김말봉은 부산에 소재한 일신여학교를 3년 수료했다. 일신여학교

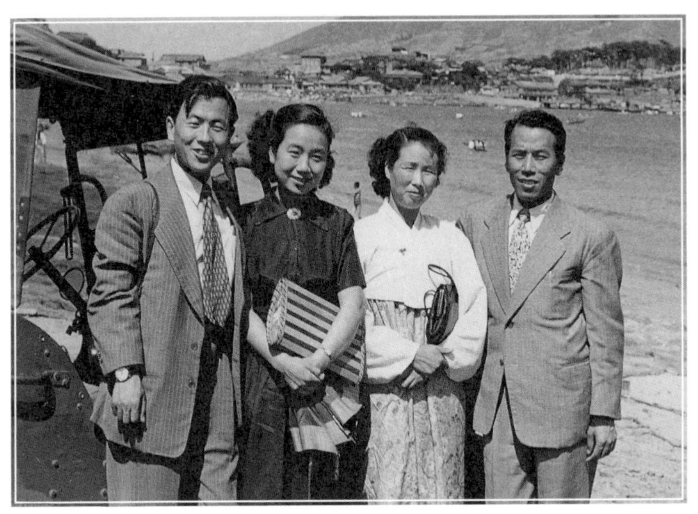

1953년 6월 16일, 부산 송도에서 • 왼쪽부터 김마태, 전재금, 전혜금, 금수현

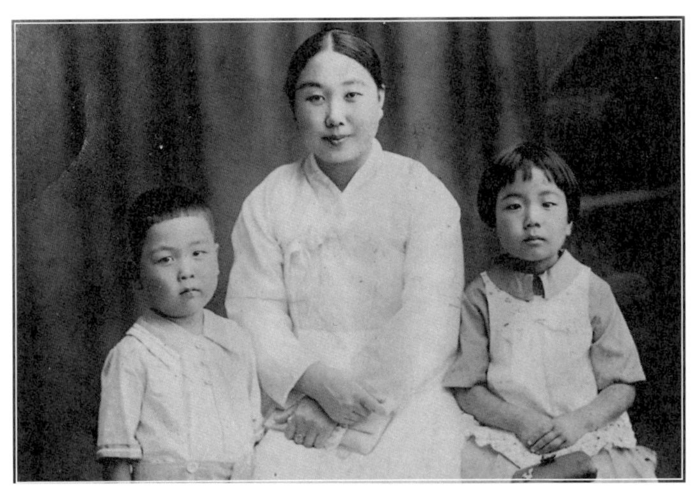

1934년경 • 왼쪽부터 전영, 김말봉, 전재금

는 호주장로교 선교회가 1895년 10월 좌천동의 초가에 3년 과정의 소학과로 설립한 학교였다. 지금의 근대식 건물은 1905년에 준공되었다. 일신여학교는 1925년 동래구 복천동 500번지에 교사를 신축하여 이전한 뒤 동래일신여학교로 개칭했다.

일신여학교에서 초등 교육을 받은 후 김말봉은 부산에 있던 북장로교 의료선교사 어을빈魚乙彬(Charles Irvin, 1862~1935)의 부인 베타Bertha가 설립한 규범학교로 진학했다. 규범학교에서 공부를 마친 뒤 김말봉은 서울로 가서 정신여학교에 입학하고 1918년에 졸업한 뒤 잠시 황해도 재령載寧의 명신학교에서 교사로 재직하다가 1920년에 동경으로 가서 송영고등학교를 졸업했다.

그 무렵 잡지 『신생활新生活』에 「이상향의 남녀생활」이란 평론을 처음 발표하여 문단의 인정을 받았다. 사회주의 경향이 짙은 『신생활』지는 3.1운동 당시 민족대표들 가운데 하나였던 박희도朴熙道가 1922년 3월에 창간한 잡지로 일제의 검열을 피하기 위해 외국인 선교사 베커를 발행인으로 내세웠다.

김말봉은 1923년 교토京都에 있는 도시샤대학同志社大學에 입학하여 영문학을 공부하고 졸업 후 1927년에 귀국했다. 그녀는 중외일보사

기자로 재직하면서 전상범全尙範과 결혼하고, 1932년『중앙일보』신춘
문예에 보옥步玉이란 이름으로 단편소설『망명녀亡命女』가 당선되면서
문단에 데뷔했다.

김말봉의 문단 등장은 파격적이었다. 당시 여류작가들인 박화성,
강경애, 최정희, 임옥인 등과 달리 신문을 통해 장편소설을 들고 나온
점, 그리고 의식적으로 대중소설을 표방한 점이 파격적이었다. 소설가
정비석*은 그녀에 관해 다음과 같이 적었다.

김말봉은 우리 문단의 유일한 여류 대중소설 전문 작가이다. 대중소
설 전문 작가라는 말이 어폐가 있다면, 대중소설로서 문단에 등장한
최초의 작가라고 해도 좋을 것이다. 대개의 작가들은 나중에는 비
록 대중소설로 전환하는 한이 있더라도 문단에 등장할 초기에는 순
문예 작품을 들고 나서는데, 씨만은 제일작인『밀림』부터가 훌륭한
대중소설이었다. 씨 자신도 대중소설 작가로 일관하겠다는 말을 하

56

였다 하거니와, 우리나라와 같이 대중소설을 경멸하는 기풍이 농후한 데서 의식적으로 통속작가로 자처한다는 것은 인간 김말봉이 그만큼 대담한 증거일 것이다. 1935년에 『동아일보』에 연재한 『밀림』과 그 이듬해에 『조선일보』에 연재한 『찔레꽃』은 모두가 독자 대중의 환영을 받았다. 작품의 스케일이 크고, 남녀 간의 애정 문제를 대담하게 묘사한 점으로 미루어보면, 씨는 천재 통속작가인지도 모른다.

정비석은 김말봉 문학의 특징을 정확하게 지적했다.

문단에 이름을 알린 김말봉은 『고행苦行』, 『편지』 등을 발표하고, 1935년 『동아일보』에 장편소설 『밀림密林』, 1937년 3월 31일부터 10월 31일까지 조선일보에 『찔레꽃』을 연재함으로써 유명해졌다. 신문 발행 부수가 엄청나게 늘 정도로 그녀의 소설은 절대적인 인기를 독차지했다. 평론가 백철은 그녀의 작품을 "신문 소설의 백미"라고 극찬을 아끼지 않았다. 그녀의 소설은 오늘날 멜로드라마의 전범이라 할 만하다. 『찔레꽃』의 줄거리는 가난하고 청순한 여학생과 가난하지만 재능 있는 청년이 주인공으로 등장하여, 이들을 둘러싼 복잡다단한 애정과 애욕의 갈등이 벌어지는 것이다. 인기가 치솟자 많은 잡지사들이 그녀의 작품을 소개하기 위해 혈안이 되었다. 1935년 『신가정新家庭』지에 발표한 시 「5월의 노래」는 폭발적 인기를 얻었다.

폭발적 인기를 끈 「5월의 노래」는 한 폭의 그림을 마음에 그리게 만드는 시다.

고웁고 빛난 아침이
창밖에서 소곤거리고
신부처럼 화려한 녹음이
五月이라 춤을 추네

순 터나오는 꼬아리 나무도
동서로 뻗어나는 담쟁이 넝쿨도
그리고 우리애기 반만 열린 입술도
다같이 五月이라 노래 부르네
상 위에 놓인 인형이 웃으며 방안을 내려보고
벽에 걸린 베토벤과 링컨은

무슨 이야기에 저리도 잠겼는지
카렌더 위에 그려진 저 래디도 어여쁜 표정
아마도 이 방에는 오늘 퍽 기쁜 일이 있나봐

저기 그려진 지도는 내 땅처럼 반갑고
그림 속의 나포리도 내집처럼 정다운데
더구나 옷걸이에 걸린 새 나래같은 옷들
밤사이 우리방이 파라다이스!

햇 비둘기여
오월처럼 빛나는 나의 사랑이여
그대는 오늘도 내 생명의 목표이니
하루하루의 사랑의 양식을 보내라.
엄마가 글 쓴다고 달래어 내어 보내면
아기들이 번갈아 창틈에 깜박거리고
그러다 큰놈은 웃는데 작은놈은 울다니
어느새 내가 이같이 사랑 받는 몸이런가

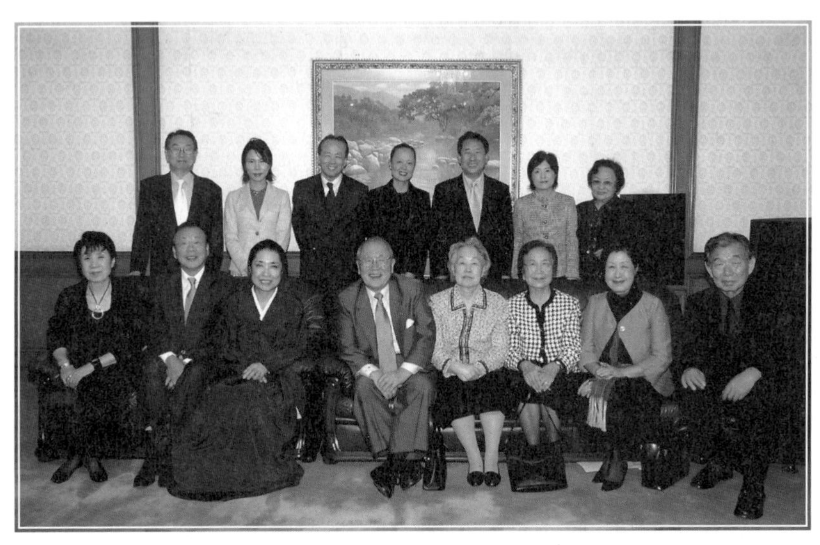

2006년, 서울 백남 호텔 만찬에서 • 아래 왼쪽부터 노라노, 유덕형 총장, 박윤초 교수, 김마태,
백경순 고 이사장 부인, 전재금, 화가 윤명로 부부, 위 왼쪽부터 김종량 총장과 그의 부인,
금난새와 그의 부인, 박양우 차관과 그의 부인, 김성음

하늘의 복이 오늘 이 방안에

오월과 함께 깃을 걷고 나렸나니

거리로 나간 나의 면류관 우리 애기들아

어서 들어오너라 내 품 속으로

젊은 아내가 둘째 아이를 분만하다가 사망한 뒤, 전상범은 두 아이를 데리고 김말봉과 재혼했다. 큰아들이 전홍이고 첫째 딸이 혜금인데 혜금은 훗날 작곡가 금수현과 결혼했다. 둘째 딸 재금이가 태어난 지 얼마 후 소설가 김동리의 형 김범부에게 이름을 부탁하니 첫딸이 혜금이므로 둘째 딸의 이름을 재금이라 하라고 했다. 김범부는 여자의 이름은 평범한 것이 좋다고 했다.

김말봉은 여학생 때 피아노를 잘 쳤다고 한다. 첫 남편 전상범의 장례식이 집에서 있었는데, 김말봉이 자신이 쓴 조사를 낭독한 후 〈소녀의 기도〉를 피아노로 연주하고 재금 부친의 영혼을 보내드렸다고 그분의 큰딸 혜금이 말해주었다.

김말봉은 1936년 전상범과 사별하고 이듬해에 이종하李鍾河와 재혼한 뒤 부산에 살면서 1937년부터 해방될 때까지 작품 활동을 중단

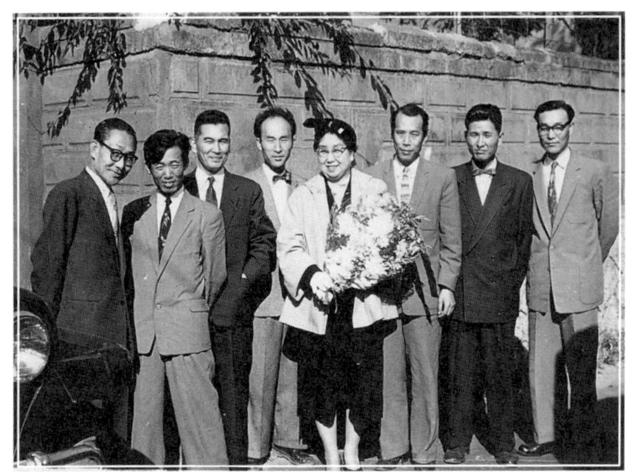

1956년, 크리스천 문인 클럽 멤버들 • 가운데 김말봉

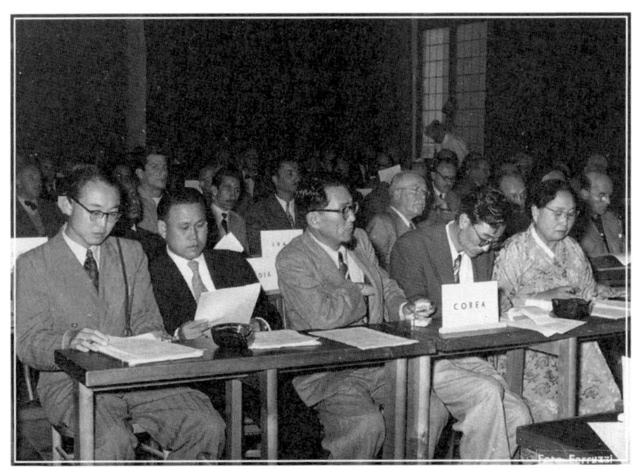

1952년, 베니스 세계 펜대회 한국대표단 • 오른쪽 끝이 김말봉

했다.

금수현이 1947년에 작곡한 〈그네〉의 가사를 김말봉이 작사했다. 금수현은 원래 김수현인데, 스물여섯 살의 나이로 1945년 경남여자중학교에 교감으로 재직할 때 많은 교사들의 성이 김이라서 누군가 "김 선생"이라고 부르면 많은 교사들이 한꺼번에 뒤를 돌아보는 불편에서 벗어나기 위해 자신을 금수현으로 부르라고 주문한 데서 금수현이 되었다고 한다. 금수현의 아들이 지휘자 금난새이다.

해방 후 서울로 올라온 김말봉은 『카인의 시장』, 『화려한 지옥』 등을 발표하는 한편, 공창폐지운동公娼廢止運動과 희망원 경영 등의 일을 하면서 사회활동에 적극 참여했다.

1930년대 말 조선의 청년들을 전쟁에 내몰려는 일제는 최후의 발악을 하듯 중학교는 물론 초등학교에까지 조선어의 사용을 금하고 조선어를 사용하는 아이들에게 체벌을 가했다. 곧이어 창씨개명이 조선인을 더욱 압박했다. 이런 시기에 한 조선 청년이 김말봉을 찾아왔다. 그녀는 작품 연재를 청하러 온 걸로 알고 친절하게 그를 맞았다. 그러나 그녀의 예상이 빗나갔다. 그 청년이 일본어로 소설을 써달라고 청하자 그녀가 버럭 화를 냈다. 자신은 일본어로 소설을 쓸 만큼 일본어에 능통

하지 못하다는 말로 정중하게 거절했다. 그녀는 결국 작품활동을 접기로 결심하고 전업주부가 되었고, 교회 생활에 전념했다.

당시 아침 저녁 신문마다 친일 소설가들이 쓴 글에는 조선 청년이 전선에 나가야 한다는 것과 여성은 정신대(위안부)에 가서 봉사해야 한다는 내용이 많았다. 문인들이 앞을 다투어 가며 친일행각에 앞장섰다. 그들에게는 친일파라는 꼬리표가 오늘날까지도 붙어다닌다.

해방의 소식을 듣고 감격한 김말봉은 당장 교회로 달려가 "하나님, 참으로 감사합니다. 이제 다시 펜을 들고 해방된 이 나라에서 좋은 글을 많이 쓰겠습니다"라고 기도했다. 작품활동을 원활하게 하기 위해 그녀는 부산에서의 생활을 청산하고 서울로 올라왔다. 나라는 해방되었지만, 사회의 그늘에 아직 머물고 있는 공창公娼 지대인 중구의 묵정동으로 가서 실상을 살펴본 후 그녀는 여성해방운동을 펼치기 시작했다. 그녀는 해방된 나라의 여성에게도 진정한 해방이 와야 한다면서 공창으로 악명 높은 묵정동 외에 용산구 원효로의 실상도 파악했다. 그녀의 공창폐지운동은 우리나라 여성 민권운동의 시작으로 보는 것이 타당할 것이다. 공창이 제도화된 것은 1916년 일제 경무총감부령으로 유곽업 창기 취체 규칙이 공포되면서부터였다. 처음엔 일본인을 대상으로 한 일본인 게이샤들로 시작된 것이 1923년에는 전국적으로 조선인 창기가 무려 12,000여 명으로 늘어나 사회적인 문제가 되고 말았다. 1920년대 중반에 기독교 단체들이 공창폐지를 공식적으로 비난하고 나섰지만, 노골적인 반대운동으로 몰고 가지 못하고 계몽 차원에서 끝나고 말았다. 해방 후 김말봉이 앞장서서 폐창운동을 전개했으며, 십수 개의 여성 단체들이 호응하고 위원장으로 김말봉을 선임했다. 가맹 단체 중에는 '대한부인회'를 비롯하여 좌익계의 '조선부녀총연맹'까지 총망라하고 있었다.

김말봉은 자신이 하는 일에 법적 보장이 필요하다고 생각하고 부산의 여걸 박순천과 함께 여성해방을 위한 입법화에 앞장섰다. 폐창운동으로 인하여 1946년 5월 17일에 인신매매금지령이 내려지고 1948년 2월 14일에는 입법화되어 공창폐지가 드디어 선포되었다.

이 무렵 그녀가 쓴 장편소설『화려한 지옥』은 여성뿐 아니라 남성에게도 베스트셀러가 되었다. 공창을 법제화하는 일도 작품을 통해 이뤄졌다.『화려한 지옥』은 우리나라 사회에 새로운 윤리의 뿌리를 내리는 절호의 기회가 되었다. 그녀는 소설가로서만이 아니라 직접 윤락여성들을 선도하기 위해서 박애원博愛院을 경영하기도 했으며, 소녀, 소년들의 단체에도 직접 봉사활동을 펼쳤다.

김말봉은 1958년 한국일보에 『화관花冠의 계절』 연재를 끝내면서 다음과 같이 말했다. "대중소설이라면 으레 저급하다는 착각을 하지만, 대중이 얼마나 정의감에 불타고 있는가는 말할 필요가 없습니다." 그녀에게 대중이란 정의의 실현을 지향하는 삶의 공동체였다.

1952년 봄, 김말봉은 이탈리아 베니스에서 유네스코가 주최한 '세계 펜 대회'에 한국 대표의 한 사람으로 참석했다. 부산에서 떠난 일행 가운데에는 조각가 윤효중, 건축가 김중업, 수필가 김소운 그리고 극작가 오영진이 있었다. 이 대회에서 김말봉은 영어로 연설을 하는 가운데 한국 전쟁의 참혹한 상처와 혼란, 기아 속에서 신음하는 한국의 실정을 상세히 소개하여 민간 외교의 일익을 담당했다. 베니스 상마르코 광장에 한복 차림의 김말봉이 나타나니 희귀한 장면이었다고 당시 대회 참석자들이 회고했다. 그녀는 베니스로 떠나기 전부터 작가 이종환에게 "전쟁의 참상! 우리나라가 겪고 있는 전쟁의 참상을 그들에게 알려야 한단 말예요. 공산당이 저지르고 있는 죄악이 얼마나 무서운 것인가를 난 알려야 해요"라고 말했다.

김말봉의 일생은 모든 이의 동경의 대상이었다. 젊었을 때는 한국의 드문 여성 작가로 많은 문인들의 선망의 대상이었고, 나중에는 한국 기독교계 지식인 목사들이 존경하는 인물이었다. 그녀의 집 동자동 18 번지 20호의 단층 양옥에 많은 젊은이들이 드나들었고, 나도 그들 가운 데 하나였다.

교제하던 여인들

그 무렵 나는 S양 외에 다른 여학생과도 교제하고 있었다. 그녀는 서울 대학 음대에서 피아노를 전공하고 있었다. 교제할 당시 그녀는 베토벤 의 소나타 제17번 d단조 템페스트 작품 31의 2를 치고 있었다. 그녀가 자신이 기르던 개가 낳은 강아지를 내게 주었고, 나는 그놈을 템페스트 라고 불렀다. 그 개는 6.25동란 때 내가 없는 사이에 친척들에 의해 보 신탕이 되었다. 나와 템페스트의 주인과의 관계도 그것으로 끝났다.

다음으로 내가 교제한 여학생은 이화여자고등학교에 재학하던 미모가 뛰어난 사람이었다. 이북에서 어머니가 날 만나러 오셨을 때 그 여학생의 집에서 어머니와 날 위해 거창한 만찬을 마련해주었다. 거구의 어머니가 대문 아래 작은 문으로 들어가시다가 그만 문 위턱에 머리를 찧고 말았다. 여학생의 집에서 매우 송구스럽게 생각했지만, 정작 무안했던 건 어머니와 나였다.

K군은 아버지의 도움으로 당시 하늘에서 별따기로 불리던 미국 유학길에 올랐다. 그는 유학을 떠나기 전 쇼핑을 하기 위해 자기 아버지의 장관 승용차를 타고 돌아다녔는데, 그 차를 타고 그와 동행한 사람이 바로 나와 데이트하던 그 여자였다. K군은 내게 "자네는 여자를 다룰 줄 몰라"라고 말하여 나의 분노를 터뜨리게 만들었다. 즉석에서 나는 K군에게 거짓말을 했다. 고향집에서 정해준 처녀와 곧 약혼할 것이므로 더이상 어떤 여자와도 교제할 필요가 없다고 말이다. 그렇잖아도 미모의 그 여자에 관한 불미스러운 남자 교제의 소문을 듣고 있던 터라서 나는 매우 실망하고 말았다. K군이 그 여자에게 내가 매우 실망하고 있더라는 말을 전하자 그녀가 학교를 나흘이나 결석하고 밤새 울었다는 말을 전해 들었다. 내게 호의를 갖고 대했던 그녀의 어머니도 몹시 실망했다고 한다. 그녀에 대한 내 마음은 그 후 완전히 식어버렸다.

미국으로 간 K군은 당뇨로 고생하다 홀로 조용히 죽음을 맞았다. 그 미모의 여자도 미국으로 유학을 간 후 미국인과 결혼하여 일본 식당을 운영했다. 애연가였던 그녀는 약 10년 전 폐암으로 세상을 떠났다. K군의 동생 S양을 다시 만난 건 오랜 세월이 지난 후 뉴욕에서였다. 그녀는 목사와 결혼하고 자신도 목사가 되었다. 우리가 다시 만났을 때, 한국에서 교제하는 시간을 더 가졌더라면 서로를 인생의 반려자로 선택했을까 하고 물을 정도로 과거를 담담하게 바라볼 수 있었다. 그녀는 세 아들의 어머니가 되었고, 중병으로 오래 고생하다 12년 전 세상을 떠났다. 내 인생에 시간적, 공간적으로 일부분을 차지했던 사람들이 그렇게 하나씩 세상을 떠났다.

남성사 중창

10년 전에 타계한 이규호李奎浩(1926~2002)는 1986년 『현대문학』지 6월 호에 '6.25 회상'이란 제목의 글을 발표했는데, 친구 맹의순孟義淳에 관해서도 언급했다. 이규호와 맹의순은 끝뫼 김말봉의 집을 자주 방문했던 신학생들이었다. 맹의순이 경건하고 성스러운 삶을 추구한 행동파였던 반면 이규호는 철학에 관심이 많고 학구파였다. 맹의순은 희랍어 성경을 늘 옆구리에 끼고 다녔다.

평양 장대현교회 맹관호 장로의 아들 맹의순은 K군과 함께 평양에서 중학교를 다녔다. 맹관호는 평양의 소문난 부자였다. 그의 가족은 6.25동란 전에 서울로 월남했고, 맹의순은 연세대학 신학과에 입학하여 공부하다 목사가 되기 위해 1949년 조선신학교에 편입했다. 그를 알게 된 건 그때였다.

K군을 통해 알게 된 또 다른 친구로 박재훈朴在勳(1922~)이 있다. 강원도 김화군 김성면에서 태어난 박재훈은 미국 감리교회의 선교사 문요한John Z. Moore(1874~1963)이 세운 평양의 요한학교에 입학해 1943

년에 졸업한 뒤 일본으로 건너가 동경 제국고등음악학교에 입학했다. 학창시절 일제에 의해 강제 징용을 당했으나, 훈련소에서 도망쳐 귀국한 후 1942년부터 해방되던 해까지 평남 강서군 문동국민학교 교사로 근무하며 평양에 살던 이유선에게 작곡을 배웠다. 그는 1946년 4월에 서울로 월남하여 1946~1947년 용산에 있는 금양국민학교에 교사로 재직하면서 해방 후 작곡해온 동요들을 모아 『일맥─麥 동요집』을 출간했고, 그의 동요 20여 곡이 음악교과서에 실려 사람들에 의해 널리 불리게 되었다. 그는 1943년에 〈어서 돌아오오〉(통일찬송가 317장)를 작곡했으며, 그 곡을 나는 맹의순을 통해 배웠다. 그 후 박재훈은 〈산마다 불이 탄다〉(311장), 〈지금까지 지내온 것〉(460장), 〈눈을 들어 하늘 보라〉(256장) 등 다수의 찬송가를 작곡했다. 박재훈은 1970년대에 미국으로 갔다가 그곳에서 캐나다로 이주했다. 늦은 나이에 신학을 공부하고 1984년 토론토에 큰빛장로교회를 개척하여 사역하다 1990년에 은퇴했다.

미성을 가진 맹의순과 박재훈, K군, 나는 남성사중창을 만들어 주일 아침 세브란스병원 병실 앞에 모여 찬송가를 부르곤 했다. K군은 테너였고, 맹의순은 피아노와 풍금을 잘 쳤다. 음악은 우리의 남은 인생에 큰 의미가 되었다. 그들과 함께 어울리면서 나는 점점 기독교에 빠져들

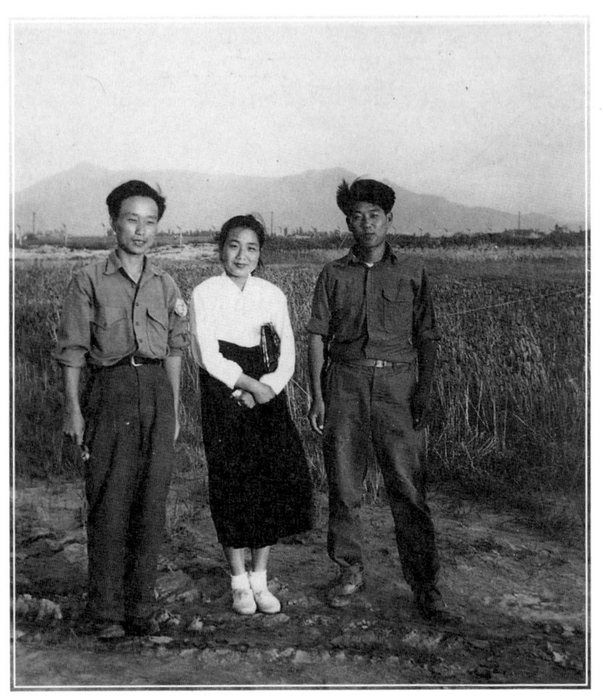

1952년, 김해에서 • 왼쪽부터 이규호, 전재금, 이화선

어갔다. 맹의순의 적극적이고 경건한 생활은 기독교인으로서의 모범을 보여주었으며, 나로 하여금 그와 같은 삶을 살아야겠다는 생각을 하게 해주었다.

K군과 맹의순, 그리고 나는 마산으로 함께 여행을 떠났다. 우리는 가포리에서 민박을 하고 주일에는 결핵요양소의 예배당에서 예배를 보았다. 그곳 예배당에서 부산 출신의 목사 김정준金正俊(1914~1981)과 훗날 미국에서 목회하게 될 신학생 임순만을 만났다. 김정준은 평양 숭실중학교를 졸업한 뒤 일본 아오야마학원靑山學院 신학부를 거쳐 캐나다의 임마누엘신학교, 독일 함부르크대학에서 수학하고, 스코틀랜드의 에든버러대학에서 철학박사 학위를 받았다. 그는 세계교회협의회(WCC) 제4차 총회의 자문위원(1968)을 역임하고, 한국신학대학 학장(제8대)에 취임(1970)하여 신학교 육성 및 한국적 얼에 입각한 토착적 신학을 수립하는 일에 기여했다. 임순만은 K군, 맹의순과 중학교 동창생이었다. 나는 마산 요양소 교회에서 박재훈의 〈어서 돌아오오〉를 맹의순의 반주로 독창했다.

맹의순의 부친은 서울에 와서 비누공장을 경영하고 있었다. 존경받는 장로였던 그의 부친은 상처했지만 사업에 성공했다. 김말봉 여사의 집을 방문할 때면 맹의순은 비누를 보자기에 싸서 가지고 가곤 했다. 여사 집에서 우리가 노래 부를 때면 여사의 딸이자 현재 내 아내인 재금이가 반주를 맡았다. 테너인 맹의순의 미성이 그곳을 빛나게 만들었다.

경상도 사투리 억양이 강한 진주 사람 이규호는 1944년 진주고등학교를 졸업한 뒤 1946년 한국신학대학에 입학하고 1950년에 졸업했다. 키는 중간 정도, 곱슬머리에 피부가 약간 검은 편이었다. 매사에 진지한 태도를 취하는 그를 보고 우리는 그가 장래에 조직신학을 공부할 신학자이자 철학자가 될 것이라고 점칠 수 있었다. 그는 1952년에 선편으로 미국 유학길에 올랐다. 나는 부산 부두에서 그를 전송했다. 그때 그는 구겨진 미군 군복에 군용 백을 어깨에 메었다. 그가 탄 화물선은 심한 파도에 시달리다가 시애틀에 입항했으며, 배에서 내린 그는 멀미로 고생한 끝에 중환자처럼 보였다. 이민국의 의사가 이규호의 흉부 X레이를 보고 폐병환자로 오진하고 입국을 금지시켰다. 그는 추방되어 부산으로 돌려보내졌다. 그때부터 그의 대미 감정이 좋을 리 없었다. 앞의 사진은 그가 돌아온 지 몇 달 후 김해에서 찍은 사진이다.

이규호는 1958년 독일 에버하르트 카를스 튀빙겐대학에 입학하여 1962년에 철학박사 학위를 받았다. 1963~1964년에 중앙대학 철학과에서 학생들을 가르쳤고, 그 후 1979년까지 연세대학 철학과 교수를 역임했다. 1979년 12.12 박정희시해사건 이후 신군부에 의해 국토통일원 장관에 발탁되었다. 1983년에는 미국 뉴저지 주에 소재한 시튼홀대학에서 명예법학박사 학위를 받았으며, 한국교원대학 총장(1984~1985년)을 역임하고, 1985년 1월부터 10월까지 전두환 대통령 비서실장을 지냈다. 또한 그는 1988년까지 제22대 주일본대사를 역임했다.

재금에 대한 순정

1949년 여름, 김말봉의 집을 자주 방문하면서 나는 재금이와 사랑에 빠졌다. 우리는 이 사실을 여사에게 알렸고 여사는 우리의 사랑을 축복해 주셨다. 그때 이규호가 여름방학을 맞아 진주로 가게 되었는데, 여사가 전송하기 위해 정거장까지 동행했다. 여사는 이규호에게 재금이에 대한 감정을 정리하라고 충고했다. 친구로서 재금이와 교제하는 건 좋지만

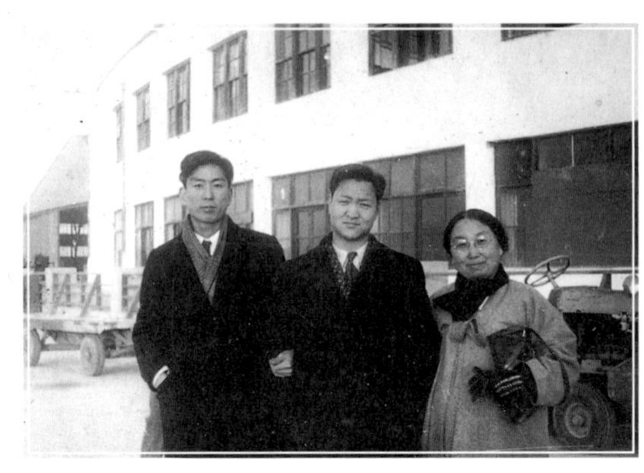

1949년 • 왼쪽부터 전영,
맹의순, 김말봉

그 이상의 감정을 가져서는 안 된다고 충고한 것이다. 이규호는 여사의
충고를 진심으로 받아들였다고 한다.

6.25동란 중에 나는 이규호와 함께 저녁식사를 하기도 했다. 흰 쌀
죽밖에 없는 식탁이 보통이었다. 먹기 시작하고 죽이 절반으로 줄어들
면 물을 부어 또 한 그릇으로 만들었다. 막판에 다시 물을 부어 마시면
저녁식사가 끝나는 것이다. 배고픔은 곧 찾아온다. 전기가 없는 어두움
이 배고픔을 참는 데 도움이 되었다.

재금이를 짝사랑한 건 이규호만이 아니었다. 맹의순도 재금이를
사랑하고 있었다. 이규호와 맹의순 모두 같은 여인을 짝사랑하고 있다
는 걸 알고 있었다. 또한 두 사람은 나와 재금이가 서로 사랑하고 있다

는 것도 알고 있었다. 두 사람의 마음은 매우 아팠을 것이다. 맹의순은 재금이에게 사랑을 고백하는 편지를 보냈다. 곧 세상을 떠나게 된다는 걸 예감이라도 한 듯 그는 자신의 심경을 글로 남김없이 표현했다. 그는 편지에 "천사를 사랑한 사나이"라고 적었다. 그는 편지 말미에 다 읽은 후 불에 태워달라고 청했다. 재금이는 그 편지를 읽은 후 그의 청을 받아들여 불에 태웠다. 어쩌면 그는 다시 시작하는 마음으로 새로운 삶의 역사를 만들어가고 싶었는지도 모른다.

이규호와 맹의순은 내가 존경하던 신학생들이었는데, 그들도 나에 대해 같은 생각을 하고 있었는지는 알 수 없다. 이규호가 재금이와 나의 관계를 인정해 주었으므로 그와 한 달 가까이 함께 지낼 수 있었다. 맹의순은 늘 온순한 미소를 얼굴에 띠며 별로 말이 없었으므로 나에 대한 그의 생각을 좀처럼 알 수 없었다. 2년 후, 포로수용소에서 의사로 일할 때 나는 포로로 수용된 그를 만났다. 그때 그는 이북 포로와 중국 포로들의 존경을 받는 성인과도 같은 존재였다. 우리의 재회는 어색했지만, 곧 다시 친구가 되었다. 그때 맹의순은 스물다섯도 채 안 된 나이였다.

맹의순의 숭고한 죽음

6.25동란이 일어나자 모든 것이 뒤죽박죽되었다. 그때 이규호와 맹의순은 서울에 있었고, 나는 서울 김말봉의 집으로 피신했다. 우리가 고대하던 국군과 미군은 오지 않았다. 8월에 낙동강 근처에서 치열한 전투가 벌어지고 있다는 소식을 들었다.

이규호와 맹의순은 남산 뒤에 피신해 있다가 틈을 타서 남하하려고 했다. 경상도 사투리가 심한 이규호는 유엔군 검문소를 통과하는 데 별 문제없이 진주로 내려갈 수 있었지만, 맹의순은 탈북 공산군으로 몰려 거제도에 소재한 포로수용소에 수감되었다. 미군은 전선 2마일 내에서 잡힌 사람들 대부분을 무조건 포로로 취급했다. 마침 나는 포로수용소에 의사로 채용되어 그곳에서 맹의순을 다시 만나게 되었다. 그는 그곳에 교회를 세우고 많은 포로들에게 복음을 전하면서 특히 중공군 포로들에게 관심을 기울였다. 항상 미소 띤 얼굴로 사람들을 대하면서 포로들을 편안하게 대해주었다. 전쟁포로란 낙인이 찍힌 미군 군복을 입은 그는 내가 알던 맹의순과는 많이 달라져 있었다. 세속에 대한 모든 집착을 벗어던진 초연한 사람이 되어 있었다.

어느 금요일 우리는 월요일에 다시 만나기로 하고 헤어졌다. 이삼일 후면 모두 석방된다는 소문이 포로수용소 내에 나돌았다. 월요일 나는 맹의순을 찾았다. 전날 의식을 잃고 쓰러진 그가 뇌암 수술을 받았지만 위태로운 상태라는 말을 전해 듣고 병원 본부로 달려갔다. 그는 머리에 붕대를 감고 있었는데, 의식이 없었다. 다음날 그는 세상을 떠났고, 절차에 따라 적국병사묘지에 묻혔다. 그는 2년 동안 포로수용소에서 헌신적인 봉사와 포교로 많은 사람들에게 위안을 주고 희망을 주는 성인의 생활을 하다가 생을 마감한 것이다.

추도예배에서 보수주의 신앙을 가진 K군의 부친은 맹의순의 죽음으로 가문의 대가 끊어진 데 대해 하나님을 원망하는 말을 토로했다. 그러나 포로들의 눈에 비친 맹의순은 영원히 기억에 남을 영적 지도자였다. 그의 죽음을 애도한 중공군 병동의 환자 일동은 장문의 글을 기록으로 남겼는데, 다음이 그 내용의 일부다.

맹의순 선생 영전에 드립니다.

평화의 왕자, 화평의 사도, 인애의 왕, 우리에게 사랑의 주인이셨던

맹의순 선생이 가시다니, 오늘 밤, 귀 교회에서 우리의 위로자였고
사랑과 존경의 표적이었던 맹 선생의 추도예배를 드린다기에 우리
모든 사람의 뜻을 모아 서둘러서 이 글월을 올립니다. 우리는 서로
말이 통하지 않던 이방인들이었습니다. 우리처럼 포로의 옷을 입은
그가 미국 군인 의사들을 도우며 우리의 병동을 찾아오던 초기에 우
리는 그를 경멸했고 무시했었습니다. 그러나 그의 얼굴은 늘 온화했
고 우리를 돕는 그의 행동은 희생정신으로 언제나 꾸밈없이 여일했
습니다.

……

우리는 선생에게서 사랑의 신이 계시다는 것을 보고 깨닫고 알기 시
작했습니다. 우리는 말이 필요 없었습니다. 말이 통하지 않는 것에
대하여 별로 불편해할 일이 없었습니다.

……

우리는 포로의 신세가 되었을 때 이게 도대체 무슨 일인가 하고 통
탄을 했었습니다. 이 낯선 땅 엉뚱한 곳에서 우리가 왜 포로로 남겨
져야 하는 것인지 기가 막힐 뿐이었습니다. 그런데 맹 선생과 함께
지내면서 그분으로부터 가르침을 받은 후 우리 가운데 몇 사람이 기

쁘고 신기한 놀라움에 고개를 끄덕이곤 했습니다.

……

지난 8월 11일 새벽에도 선생은 우리에게 오셨습니다. 몇몇 사람들은 잠이 들어있었지만 우리 거의 모두 선생께서 석방되시리라는 소문을 듣고 있었기에 잠을 이루지 못하고 선생을 기다리고 있었습니다. 물통과 성경책 그리고 번역한 찬송가를 베껴 쓴 종이 한 묶음을 중국어로 번역해서 베껴가지고 계셨고 틈틈이 우리에게 들려주셨습니다.

……

선생은 마지막 환자를 씻겨낸 물통과 대야를 들고 일어나셨습니다. 그 순간 어딘지 먼 곳을 향해 높고 높은 그곳을 바라보며 남겨두고 가시는 우리를 부탁하는 듯 높은 곳을 바라보시던 그대로 그 자리에 쓰러지셨습니다.

……

우리는 모두 통곡합니다. 우리는 모두 통곡합니다.

불같은 성격의 김말봉

김말봉은 복잡하고 모순된 성격을 지녔다. 천진난만한 웃음이 쉽게 격한 분노로 변하기도 했다. 부산 피난시절, 겨우 정비된 버스들이 많은 사람들을 태우며 운행했다. 안전을 위해 버스 내에서의 금연은 당연히 지켜져야 했지만, 공공질서를 아랑곳하지 않는 무리가 있었다. 김말봉이 탄 버스에 큰 몸집의 젊은 헌병 하나가 칼빈총을 어깨에 맨 채 승차했다. 버스가 운행 중이었는데 그 헌병이 담배를 꺼내 불을 붙이고 피우기 시작했다. 그러자 김말봉이 큰소리로 담배를 끄라고 소리 질렀다. 헌병은 얼굴을 찌푸리며 "안 끄면 어떻게 하겠소?" 하고 대꾸했다. 그러자 김말봉이 자리에서 일어나 그에게 다가가더니 담배를 빼앗아 바닥에 던지고 신발로 뭉개버렸다. 헌병은 다음 정류장에서 내려 사라졌다.

김말봉은 동자동으로 이주한 후 생활에 쪼들렸다. 빚이 늘어 대가족의 생계가 위협을 받게 되었다. 원고료로 대가족을 이끄는 생활을 한다는 건 어려운 일이었다. 빚이 눈덩이처럼 커져갔다. 남편은 사업한다고 일본으로 간 지 수년이 되었지만, 하는 일이 잘 안 되었는지 소식조차 없었다. 그러던 중 하와이에 거주하던 김말봉의 언니 김보배 여사가 동생을 하와이로 초대했다. 김보배는 하와이의 교포와 사진을 주고받은 뒤 그곳으로 시집갔다. 나는 여비를 댈 테니 오랫동안 떨어져 있던 언니를 뵙고 오라고 권했다. 김말봉은 1950년 3월에 하와이로 향했다.

당시 의사의 아들이었던 나는 공부하는 데 드는 비용 외에도 많은 여윳돈을 가지고 있어 한 해 전 김말봉의 집 근처 후암동에 큰 집을 하나 구해놓고 있었다. 김말봉의 집에서 걸어서 10분 정도 걸리는 가까운 곳이었다. 가까이 있다 보니 김말봉의 집을 빈번하게 드나들게 되었다. 나는 김말봉의 빚을 모두 청산했다. 오랫동안 누적된 빚을 일시에 청산하니 가족으로선 오래 쌓인 묵은 체증이 쑥 내려간 것 같은 홀가분한 느낌을 받았을 것이다.

김말봉은 석 달 동안 하와이에 체류하다가 선편으로 부산으로 돌아왔는데, 이때 6.25동란이 일어났다. 친구 어머니의 초상 때문에 내가 며칠 동자동에 가지 못한 사이 김말봉의 아들 영이 부산으로 어머니를 마중 갔다. 나는 재금이와 서울역으로 마중갈 수밖에 없었다. 그때 공산군 전투기가 서울역 공중에 나타났다. 김말봉이 탑승한 기차는 안양까지 왔다가 서울로 들어오지 못하고 부산으로 되돌아갔다. 그 후 석 달 동안의 고난은 말 안 해도 우리나라 국민 모두 잘 알 것이다. 우리 민족 모두가 전쟁의 참화에서 육체적, 정신적으로 고통을 겪었으니 말이다.

총을 멘 시인 박산운

6.25동란 당시 나는 김말봉의 집에 피신해 있었다. 북한 정보부원과 동네 공산당 당원들이 여사의 집을 찾아오곤 했다. 그러나 여사가 하와이에서 귀국하기 전이란 사실을 알고는 더 이상 오지 않았다. 박순천이 문안차 방문한 적이 있었고, 조선신학교 교장 송창근 박사도 방문한 분들 가운데 하나였다. 그분은 납북한 후 중풍 후유증으로 고생하다 세상을 떠나셨다고 한다.

그때 김말봉 가솔은 나를 포함해 모두 일곱 명이었으며, 생계는 주로 내가 가진 소지품을 판 돈으로 충당했다. 현관 옆에 있는 재금의 방엔 벽 속에 작은 벽장이 있었다. 그 앞에 장롱을 놓아두면 누구도 그 뒤에 벽장이 있다는 걸 알 수 없었다. 벽 속의 벽장 천장을 열고 위로 올라가면 지붕 바로 아래가 되고, 거기서 몇 발을 옮기면 내가 숨은 방이 나온다. 재금의 방에서 내 방으로의 연결망을 몇 번의 연습 끝에 쉽게 왔다갔다 할 수 있게 되었다. 대문 소리만 나면 나는 벽장을 통해 또 다른 벽장인 방으로 들어갔다.

하루는 책을 읽고 있는데, 대문 열리는 소리가 들려 후딱 벽장 속으로 들어갔다. 좁은 벽 사이로 현관을 조금 볼 수 있었다. 그리고 귀를 기울이면 현관에서의 대화를 들을 수 있었다. 총을 어깨에 멘 청년이 재금을 향해 미소를 띠며 인사하는 것이 어렴풋이 눈에 들어왔다. 6.25동란이 발발하기 전 서울에서 찢어지게 가난한 생활을 하던 시인 박산운朴山雲이었다. 그가 김말봉의 안부를 물었을 때 외국에 나가셔서 아직 귀국하지 않았다고 재금이 말하자, "아, 도망치셨군요" 하고 미소를 띤 얼굴로 말했다. 그의 부드러운 목소리에 안도할 수 있었다.

박산운은 총을 내려 벽에 기대놓고 마루에 걸터앉은 채 재금과 대화를 계속했다. 그는 재금을 사모했다고 말하고, 자신이 쓴 시「빨치산」을 읊었다. 더운 오후 벽장에 갇힌 나는 그가 속히 떠나기만을 기다렸지만, 그는 시간의 여유가 있는 듯 게으름을 피웠다. 낭랑한 목소리로 읊는 그의 시를 들으면서 아름다운 문장이라고 생각했다. 미국 전투기의 출현으로 쫓기는 신세가 된 그는 "아, 우리에겐 전투기가 없어" 하고 한탄했다. 그가 머문 시간은 약 30분가량 되었다.

박산운은 1946년에 해방의 기쁨을 「버드나무」란 제목의 시로 표현하면서 기쁨보다는 현실의 고통을 토로했다. 다음은 「버드나무」의 일부다.

내 또 이역에 유리琉璃하며

맑고 푸른 하늘 아래 순결하고 숙성한 버드나무를 보고 싶었노라.

바람에 몰리는 구름과 같이

북역北域으로 흩어지며 쫓겨가던 어려운 역사의 날에도

버드나무여

그대는 나의 가슴 안에서 낙엽 지며 바람에 흐느끼고 있었도다.

아침마다 하늘 날씨를 살피는 이 땅의 떨리는 눈동자들은

그대를 더듬어 올라가고

이 땅에 목숨을 받은 작은 것들이 처음으로 익힌

나무의 이름도 그대였도다.

실로 둥지를 떠나 꺾이운 채 어느 곳에나

뿌리를 두고 견뎌야 하는 버드나무 가지의 슬픔은

바로 우리들의 슬픔이 아니었던가.

박산운이 가난 속에서 쓴 시 몇 편을 재금과 나는 아직도 기억한다.
그는 가난 속에서 사회에 대한 반감을 품고 월북했으며, 6.25동란이 발
발하자 유격대원, 즉 빨치산이 되어 남으로 내려온 것이다. 평양으로 후
퇴하던 중 사모했던 여인을 찾아와 잠시 대화를 나누고 일생을 마친 시
인에게 동정심을 표하지 않을 수 없다.

박산운은 북한 문단에서 통일을 주제로 한 작품을 가장 많이 발표
한 작가로 알려졌다. 평양서 발간된 『조선문학사』 및 『조선문학』 등을
보면 그가 특히 이 분야의 시를 개척한 시인으로 평가받고 있으며 문단
의 원로로는 유일하게 최근까지도 통일 주제의 작품을 발표했음을 알
수 있다. 최근에 발표한 「영원한 종군기자」라는 시는 북송된 비전향장
기수 이인모 노인을 통해 북한체제를 찬양한 작품이다. 그는 시기적으
로 1960년대와 1970년대에 활발하게 창작했으며 대표작으로는 「청계

천에 부치어」, 「통일열차 달린다」, 「백척간두」, 「싸우는 남조선 청년들
에게」 등이 꼽히고 있다.
　「청계천에 부치어」는 1960년대 초반 철거민이 모여 살던 서울 청
계천변의 모습을 당시 북한정권의 시각에서 어둡게 묘사한 작품으로
북한의 문학사에는 "시인은 맑고 깨끗한, 아름다운 이름과는 달리 미
제의 식민지 통치가 빚어낸 남조선 현실의 암흑상과 부패상을 높은 형
상성으로 창작했다"고 기록되어 있다. 「싸우는 남조선 청년들에게」는
4.19혁명을 소재로 남한 대학생들의 반정부투쟁을 선동한 작품이다.

부산에서 약혼식을 올리다

김말봉은 하와이에서 돌아오는 길에 부산까지 마중나간 아들 영이와
함께 부산을 거쳐 귀경하는 기차를 타게 되었다. 그러나 그 기차는 안
양까지 왔다가 후퇴할 수밖에 없었다. 6.25동란이 일어난 것이다. 이북

군의 침입, 전쟁이 시작되었다. 9.28 수복 이후 김말봉은 서울로 왔다가 1.4후퇴 때 가족이 다같이 부산으로 피난을 갔다. 그러한 혼란 속에서 나는 인간의 관계란 천륜이라는 생각으로 재금이와 약혼식을 올렸다. 그리고 기적적으로 남하한 부친을 진해에서 상봉할 수 있었다. 부친은 우리의 약혼을 기꺼이 받아들여주셨다. 약혼식은 1951년 1월 3일에 거행되었다. 김재준 목사가 주례를 보고 시인 청마 유치환柳致環 (1908~1967)이 축사를 해주었다. 약혼식을 올림으로써 재금이와 나는 서로가 서로에게 기꺼이 구속되겠다고 약속한 것이다. 무슨 일이 있어도 이별하지 않겠다는 약속이기도 했다.

약혼식의 주례를 봐주신 장공長空 김재준金在俊(1901~1987) 목사는 함경북도 경흥慶興에서 태어나 1923년에 중동학교 고등과를 졸업하고 김익두金益斗(1874~1950) 목사의 전도로 기독교에 입신했다. 16세에 과거에 응시했으나 낙방하고 상업에 종사하던 김익두는 사업이 실패하자 한때 방탕한 생활을 했다. 그러다 1900년 봄에 미국인 선교사 스왈렌 Swallen, W. L.의 '영생'이란 제목의 설교를 듣고 감동하여 기독교에 관심을 갖게 되었다. 그는 1901년 1월에 부인 및 어머니와 함께 신앙을 고백하고 스왈렌에게 세례를 받았다. 김재준은 27세 때인 1928년에 일본

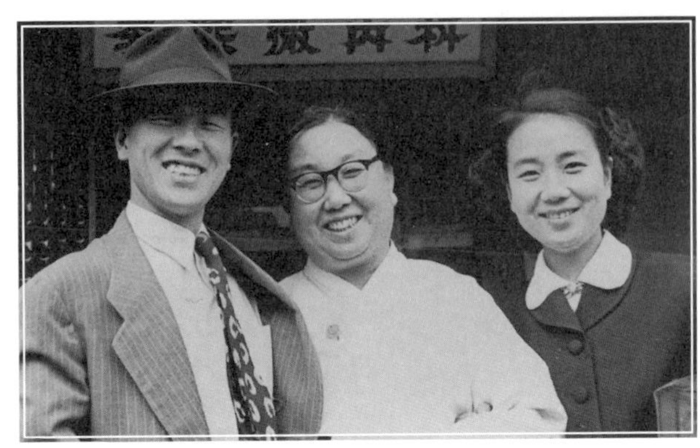

1952년, 부산에서 •
왼쪽부터 김마태,
김말봉, 전재금

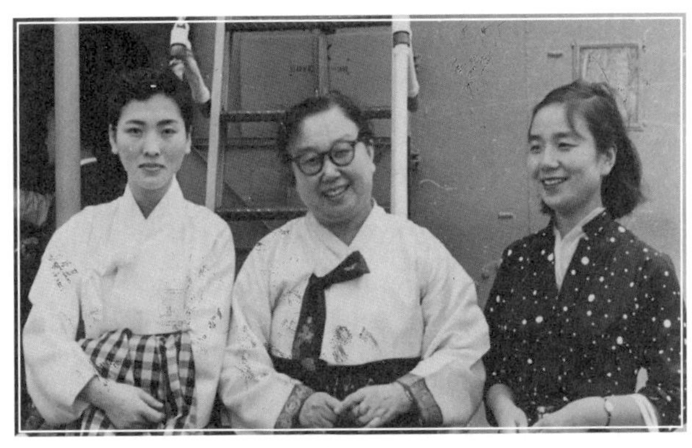

1954년 •
왼쪽부터 작가
김도희, 김말봉,
전재금

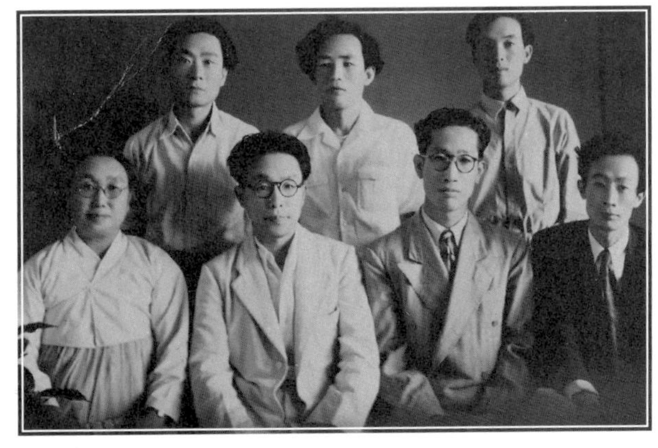

1953년경 •
아래 왼쪽부터
김말봉, 유치환, 한
사람 건너 조연현,
위 왼쪽부터 김광주,
김동리, 서정태

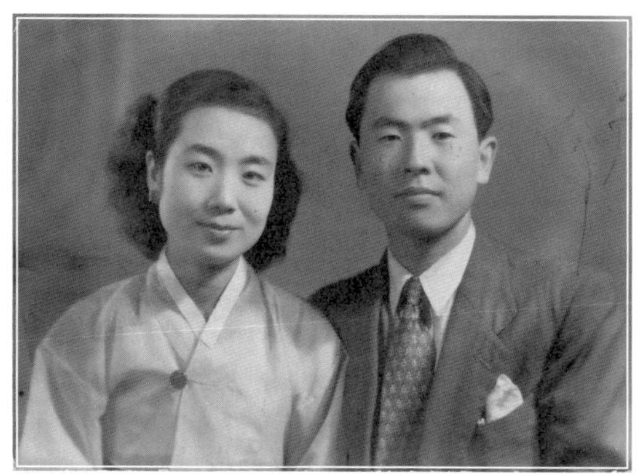

1953년, 부산에서 • 전재금과 김마태

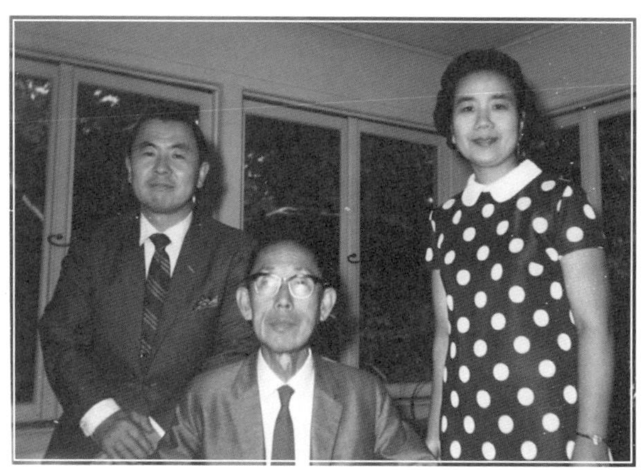

1967년경 • 왼쪽부터 김마태, 부친 김병우, 전재금

으로 건너가 아오야마학원青山學院 신학부를 마치고 이듬해에 미국 프린스턴대학 신학교를 거쳐 1932년 웨스턴대학 신학교에서 구약학으로 신학석사 학위를 받았다. 귀국하여 1933년부터 평양 숭인상업학교 성서 교사 겸 교목으로 재직하면서 평양장로회신학교의 기관지『신학지남神學指南』지에 글을 기고하기 시작하여, 신복음주의 신학 논문 발표로 한국 신학의 발전에 신기원을 이룩했다. 1936년 8월부터 간도 용정龍井의 은진중학교恩眞中學校에서 교편을 잡았으며, 강원룡姜元龍, 안병무安炳茂 등을 가르쳤다. 그는 1940년 4월에 새로 문을 연 서울 조선신학원(현 한국신학대학)의 교수가 되었다.

김재준은『낙수落穗』(1953),『계시와 증언』(1956),『하늘과 땅의 해후』(1962),『인간이기에』,『요한계시록주석』(1968),『범용기』(1983),『광야에 외치는 소리』(1983),『장공전집』(18권, 1992) 등의 저술로 한국교회의 발전과 사회참여의 신학을 정립했다. 그는 1965년 한일굴욕외교반대투쟁 때부터 반독재민주화투쟁에 깊숙이 참여했으며, 1969년 3선개헌반대 범국민투쟁위원회 위원장, 1972년에 국제앰네스티 한국위원회 이사장, 1973년에 민주수호국민협의회 공동의장을 역임했다. 1974년부터 1983년까지 캐나다에서 선교활동을 하면서 1975년에 북미주 한국인권수호협의회장, 1978년에 북미주 민주주의와 민족통일을 위한 국민연합위원장, 1982년에 한국민주통일촉진국민연합 고문 등으로 활약하다가 1983년 귀국했다.

우리 약혼식에서 축사를 해준 시인 유치환은 통영에서 태어나 통영보통학교를 졸업한 후 일본으로 가 그곳에서 4년 동안 중학교를 마친 후 돌아와 동래고보를 졸업하고 연희전문학교 문과에 입학했으나 1년 만에 중퇴했다. 그가 시단에 데뷔한 건 1931년 『문예월간』지에 시 「정적靜寂」을 발표하고부터였다. 1940년에 일제의 압제를 피해 만주로 이주하여 그곳에서의 각박한 체험을 노래한 「수首」, 「절도絶島」 등을 발표했다. 해방 후에는 고국으로 돌아와 교편을 잡았다. 6.25동란 중에는 종군문인으로 참가하여 자신의 체험을 바탕으로 『보병과 더불어』라는 제목의 종군시집을 출간했다. 또한 중학교, 고등학교 교장으로 재직하면서 모두 14권의 시집과 수상록을 출간했다. 그는 부산에서 교통사고로 세상을 떠났다.

유치환보다 세 살 위인 형 유치진柳致眞(1905~1974)은 3.1운동 직후 일본으로 건너가 도요야마중학豊山中學을 거쳐 릿교대학立敎大學 영문과를 졸업했다. 1931년에 귀국한 그는 서항석, 이하윤, 정인섭, 김진섭, 함대훈, 장기제 등과 함께 극예술연구회를 결성하고 1939년부터 본격적인 희곡 창작과 연극 활동을 벌였으며 1941년에 극단 현대극장을 창립했다. 해방 후, 극예술협회를 1946년에 창립하고, 한국무대예술원장(1947), 한국연극학회장(1948), 초대 국립극장장(1950) 등을 역임하면서 한국 연극계의 대표적인 인물이 되었다. 6.25동란을 겪은 후 그의 희곡에는 반공의식과 사회 비판의식이 혼재되어 나타났다.

유치환과 유치진 모두 김말봉과는 자주 만나는 사이였다. 1956년 어느 날 내가 장모 김말봉과 뉴욕 브로드웨이 51가를 지나고 있었는데, 놀랍게도 길에서 유치진을 만났다. 그는 미국 국무성 초청을 받고 여행 중이었다. 그가 뉴욕에 머무는 동안 내가 대신 통역해 주었다. 그 후 유치진의 차남 유세형이 심장병을 치료받기 위해 미국으로 올 때 내가 적극 나서서 도왔다. 유치진의 장남 유덕형도 뉴욕에서 만났다. 세형이는 병이 재발해 다시 미국으로 와서 치료를 받겠다고 했다. 전화로 그와 통화하니 숨 쉬는 것도 어려운 상태라는 걸 알았다. 심장질환 말기였던 것이다. 미국까지 비행기를 타고 오는 것이 불가능해 보였다. 세형이에게 일단 한국에서 치료를 더 받고 병이 호전되었을 때 오는 것이 현명하다고 충고해 주었다. 그는 크게 실망했고 일주일 후 세상을 떠났다. 세월이 많이 흐른 후 유덕형柳德馨은 서울예술대학 학장이 되었고 한국에서 왕성하게 활약하고 있다. 그는 조각가 존 배와 절친한 사이였다.

우리 약혼식에 참석해야 할 모친의 자리는 비어 있었다. 부친과 함께 남하하던 중 실종된 것이다. 후에 들은 바에 의하면 고향으로 돌아가 외손자들과 함께 지내다 1966년경 세상을 떠나셨다고 한다. 몸이 부한데다 지병인 당뇨로 고생하던 어머니는 외아들인 나를 만날 날을 고대하다 별세하셨다는 소식을 들었다. 늦게나마 우리 내외와 친지들이 뉴욕에 소재하는 원불교원에서 천도제를 올렸다.

김말봉의 대학 동창 정지용

김말봉의 도시샤대학 동창생 중에 한 살 연하의 정지용鄭芝溶(1902~1950)
이 있었다. 재금에게 '매매梅梅'라는 애칭을 지어주신 분이기도 하다. 섬
세하고 독특한 언어로 대상을 선명히 묘사하여 한국 현대시의 신경지
를 연 정지용은 충청북도 옥천 태생으로 서울 휘문고등보통학교를 나
왔으며, 도시샤대학 영문과를 졸업한 후 귀국하여 모교의 교사로 재직
했다. 1933년『가톨릭 청년』지의 편집고문으로 있을 때 이상의 시를 실
어 그를 시단에 등장시켰으며, 1939년에는『문장文章』지를 통해 조지훈,
박두진, 박목월의 청록파靑鹿派를 등장시켰다. 해방 후에는 이화여자전
문학교 교수, 경향신문사 편집국장을 역임했다. 독실한 가톨릭 신자였
던 그는 좌익 문학단체에 관계하다가 전향하여 보도연맹에 가입했으며,
6.25동란 때 북한공산군에 끌려간 후 사망했다.

　　몇 년 전 통영을 여행했는데, '통영의 피카소'로 불린 화가 전혁림全
爀林(1916~2010) 기념미술관에 갔을 때 정지용의 시「유리창」이 액자에
넣어 벽에 걸린 것을 보았다. 그가 어린 딸을 폐렴으로 잃고 쓴 시였다.

유리창

유리에 차고 슬픈 것이 어린거린다.

열없이 붙어 서서 입김을 흐리우니

길들은 양 언 날개를 파닥거린다.

지우고 보고 지우고 보아도

새까만 밤이 밀려나가고 밀려와 부딪치고,

물 먹은 별이 반짝 보석처럼 박힌다.

밤에 홀로 유리를 닦는 것은

외로운 황홀한 심사이어니,

고혼 폐혈관이 찢어진 채로,

아아, 늬는 산새처럼 날아갔구나.

재금을 '매매'로 부른 시인을 나는 만나본 적이 없지만, 김기림처럼 설 데가 없던 이 세상을 홀로 떠날 때의 그의 아픈 가슴을 알 것만 같았다.

노산 이은상

김말봉을 아끼고 칭찬한 문인들이 많았는데, 그중 하나가 노산鷺山 이은상李殷相(1903~1982)이었다. 「가고파」는 그의 고향 마산 앞바다를 부른 시였다. 그는 수필집 『무상』에서 "내가 아는 여성으로 천재를 꼽으라면 김말봉과 박화성朴花城을 헤아리기에 주저하지 않을 것이다. 다만 말봉의 재주를 거침없이 흐르는 물이라 한다면, 화성의 재주는 굽이쳐 흐르는 물이라고 할까" 하고 감탄했다. 내가 살고 있는 집 근처에 사는 이비인후과 의사 주영빈과 수없이 불렀던 노래 〈동무생각〉도 이은상의 시다.

이은상은 1918년 아버지가 설립한 마산 창신학교昌信學校 고등과를 졸업한 뒤 1923년 연희전문학교 문과에서 수학하다 1925~1927년 일본 와세다대학早稻田大學 사학부에서 청강했다. 1921년 두우성이라는 필명으로 『아성我聲』(4호)에 「혈조血潮」라는 시를 발표한 바 있으나, 본격적인 문학 활동은 1924년 문예지 『조선문단朝鮮文壇』의 창간 무렵부터였다. 1928년경 첫 아기 수화가 태어났는데, 그 아기를 안고 불렀다는 노래 가사는 다음과 같다.

거친 산등성이 골짜기로
봄빛은 우리를 찾아오네.
아가는 움트는 조선의 꽃
아가는 움트는 조선의 꽃

오늘은 이 동산 꾸며 놓고
내일은 이 땅에 향내 퍼칠
아가는 봉오리 조선의 꽃
아가는 봉오리 조선의 꽃

들녘에 비바람 불어쳐서
산 위에 나무들 넘어져도
아가는 피어나는 조선의 꽃
아가는 피어나는 조선의 꽃

우리나라의 어두웠던 시절 꽃봉오리 같은 아기를 안고 느낀 사랑과 희망의 노래였다. 큰딸 수화는 재금이와 동년배이며 가까운 친구였다. 수화는 코가 오뚝한 미녀가 되었고 의대 졸업 후 미국에 가서 한인의사와 결혼해 현재 버지니아 주에 거주하고 있다. 그 내외가 어찌나 탱고 춤을 잘 추는지 보기만 해도 흥이 나곤 했다. 수화는 재금이의 어릴 적 친구라서 나와도 가깝게 지냈다.

딸 셋을 둔 이은상은 그 후 얼마 안 되어 슬하에 다 큰 아들을 둔 유부녀와 사랑에 빠졌다. 그 남편이 이은상을 협박하자 그는 아내를 데리고 김말봉의 집으로 피신했다. 저녁노을이 지자 그는 마루에 있는 피아노를 치면서 어찌할 수 없는 운명에 눈물을 흘리기도 했다. 그는 사랑을 고백하는 편지를 그녀에게 계속 보냈고, 그 편지를 배달한 건 놀랍게도 그의 아내였다. 그 사실을 안 김말봉이 이은상의 아내를 몹시 나무랐다. 그의 아내는 "안 가져다주면 죽겠다고 하는데 어떡해요"라고 말했다.

서울에서 1949년에 김말봉의 소개로 몇 번 만난 이은상은 조그만 몸집에 비대하고 유난히 큰 귀를 가진 분이었다. 그런 분이 어디서 열정이 솟아올라 그 유부녀에게 혼을 팔았는지 이해되지 않았다. 이은상은 결국 그 여인과 결합했고 둘 사이에서 아들 하나가 태어났다.

이은상은 1931년에 이화여자전문학교 교수가 되었고, 1945년에는 호남신문사 사장을 지냈으며, 1950년 이후 청구대학, 서울대학, 영남대학 등지에서 교수를 역임했다. 1954년에 예술원 회원에 선임되었고, 1970년 경희대학에서 문학박사 학위를 받았다.

나는 부산에 갈 때마다 영도에서 동쪽으로 바라보이는 오륙도伍六島를 바라보았으며, 2011년 6월에는 손녀들을 포함한 식구들과 다 함께 해운대에서 유람선을 타고 오륙도를 돌아서 왔다. 오륙도를 가까이서 바라보게 되니 이은상의 시「오륙도」가 절로 생각났다.

오륙도 다섯 섬이 다시 보면 여섯 섬이

흐리면 한두 섬이 맑으신 날 오륙도라

흐리락 맑으락 하매 몇 섬인 줄 몰라라

취하여 바라보면 열 섬이 스무 섬이

안개나 자욱하면 아득한 빈 바다라

오늘은 비속에 보매 더더구나 몰라라

그 옛날 어느 분도 저 섬을 헤다 못해

헤던 손 내리고서 오륙도라 이르던가

돌아가 나도 그대로 어렴풋이 전하리라

이은상은 한국에서 보기 드문 박식한 다작의 시인이었다.

김동리와 손소희의 스캔들

1950년 말, 나는 서울을 떠나 피난했는데, 자연히 김말봉의 고향 부산으로 향하게 되었다. 그때 피난처로 대구와 부산이 가장 유력했다. 피난의 와중에도 사람들의 이목을 집중시킨 스캔들이 있었다. 주인공은 경주 출생의 소설가로 1947년에 조선청년문학가협회 회장을 역임하고, 1951년에는 동 협회 부회장을 맡은 김동리金東里(1913~1995)였다. 그는 대구에서 손소희孫素熙(1917~1986)와의 밀월을 즐겼고, 두 사람의 로맨

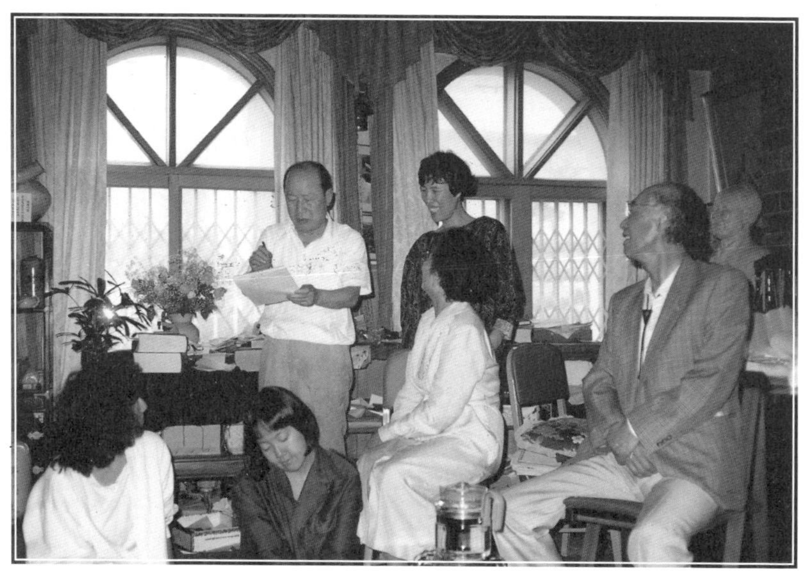

1989년 5월, 김동리와 서영은 부부 자택에서 ● 아래 왼쪽부터 수잔, 올리비아, 전재금, 전홍

스는 부산으로 이어졌다. 매일 벽보에 붙은 두 사람의 스캔들 기사는 지긋지긋하게 지속되었다. 부산 피난시절 손소희는 김말봉과 가깝게 교류하고 있었다.

함경북도 경성군 어랑면에서 태어난 손소희는 1936년 함흥의 영생여고를 졸업한 뒤 이듬해 일본으로 건너가 일본대학에서 공부했다.

그녀는 1946년 『신세대』지 5월호에 시 「동경憧憬」을 발표하고, 같은 해 『백민白民』지 10월호에 단편소설 「맥貘에의 몌별袂別」을, 1948년에는 『신천지』 4, 5월호에 「이라기梨羅記」를, 이어서 「회심回心」을 발표했다. 1949년에 전숙희, 조경희 등과 함께 종합지 『혜성慧星』을 발간하여 주간이 되었으나, 6.25동란으로 활동을 접어야 했다. 그녀의 초기 작품들은 애정문제와 일제하의 민족의식 등이었다. 그녀는 세태적인 사회적 관심과 성격 대조적인 플롯을 평범하게 다루면서 알찬 성격소설을 구사했다.

내가 미국으로 떠난 1953년까지만 해도 김동리와 손소희의 로맨스는 가장 유명했던 스캔들이었다. 둘 다 가정을 가지고 있었으므로 문인들은 두 사람의 로맨스 결실에 비상한 관심을 기울였다. 김동리와 달리 손소희는 말이 적었고 저음의 목소리를 지닌 매력적인 여인이었다. 두 사람에 관한 에피소드가 연일 신문에 기사화되었으며, 이내 정리될 기미가 보이지 않았다. 키가 작고 경상도 사투리가 심한 김동리는 손소희와의 관계를 정리할 생각이 없었다. 결국 그는 아내와 이혼하고 손소희와 새 가정을 꾸몄다. 김동리는 아내에게 돌아가려고 했으나 자기도 어쩔 수 없어 운명에 몸을 맡긴 것이었다고 변명했다.

1989년, 내가 한국을 방문했을 때 손소희는 세상을 떠난 지 2년이 되었고, 김동리의 새 아내가 우리 가족을 맞아주었다. 손소희는 유방암으로 세상을 떠나면서 김동리의 제자이자 소설가 서영은에게 김동리를 부탁한다고 말했고, 김동리는 손소희가 타계한 뒤 서영은을 세 번째 아내로 맞은 것이다. 그해에 『손소희전집』이 간행되었다. 내가 김동리를 만난 건 그때가 마지막이었고, 그는 6년 후에 타계했다.

뉴욕집을 찾은 방문객들

1955년, 김말봉은 미국 국무성 초청으로 방미하여 일 년 동안 우리 집에 계셨다. 방미에 때맞춰 올린 나와 재금의 결혼식에 참석하고 우리의 새 가정에 합류했다. 결혼식은 리버사이드 교회에서 김태묵 목사의 주례로 거행되었다. 그날의 피로연은 비용 관계로 생략하기로 했는데, 당시 한인학생 회장이던 이동원이 피로연을 열어야 한다고 우기는 바람

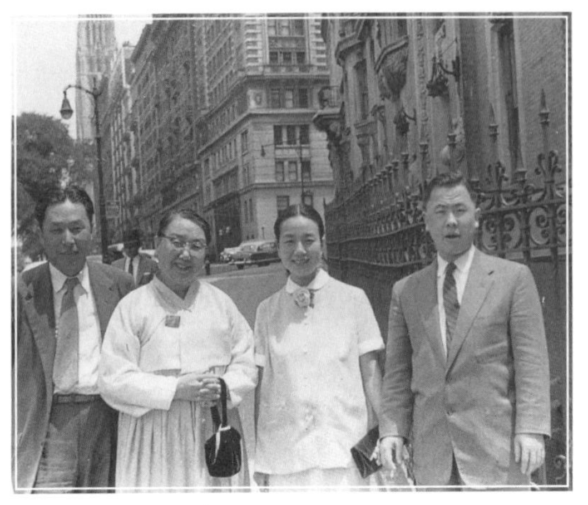

1956년, 한인교회 옆에서 •
왼쪽부터 유치진, 김말봉, 전재금, 김마태

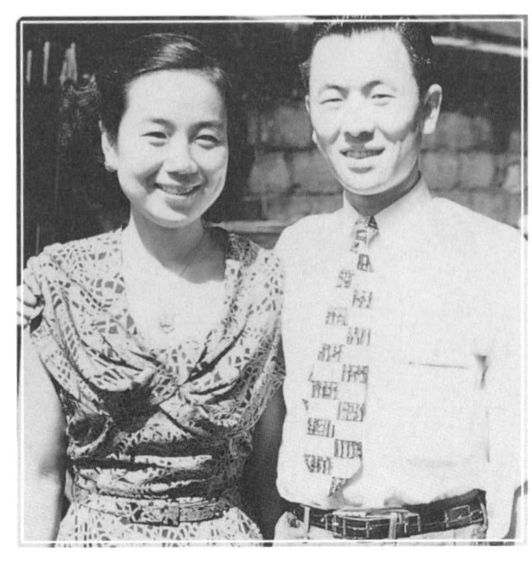

1953년, 미국 떠나오기 전 부산에서 •
전재금과 김마태

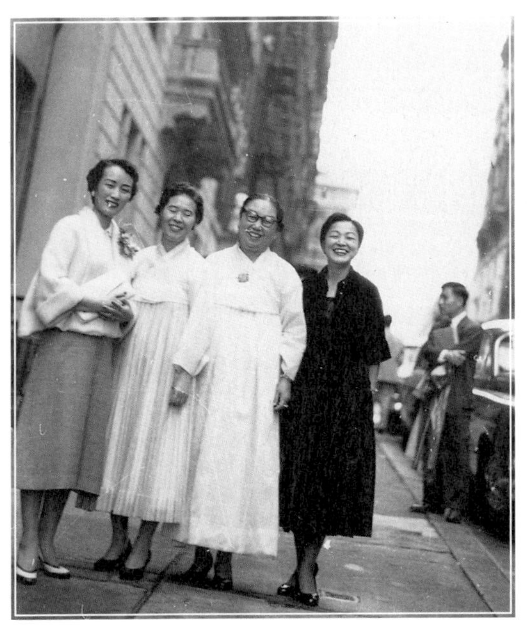

1955년 뉴욕 한인교회 앞에서 •
김자경, 한 사람 건너 김말봉,
조각가 김정숙

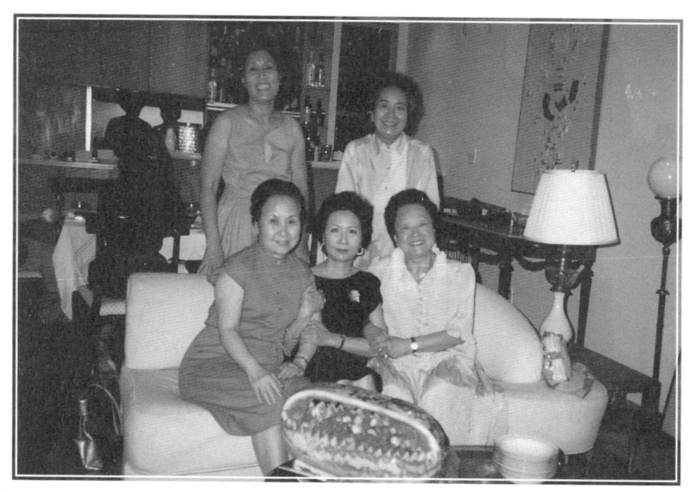

1992년 • 아래 왼쪽부터 이해경, 이계향, 김자경, 위 왼쪽부터 노영희, 전재금

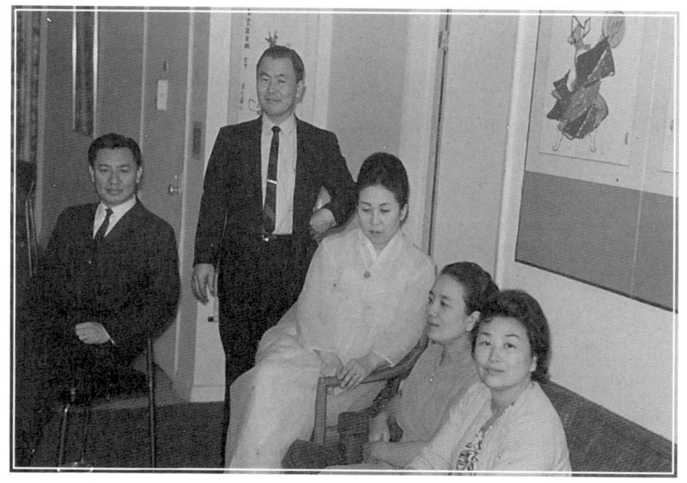

1966년 포체스터에서 • 왼쪽부터 백선기, 김마태, 김복희, 전재금, 화가 박래현

에 75달러를 들여 근처에 있는 '대상해' 중국음식점에서 열었다. 약혼한 지 5년 만에 뉴욕에서 결혼식을 올린 것이다.

우리의 새 가정은 병원 옆 맨해튼 51가에 위치한 작은 아파트였다. 우리 아파트에는 장모님의 초대로 많은 저명인사들이 방문하여 우리와 함께 저녁식사를 했다. 우리가 편하게 대할 수 있었던 손님으로 강원용 목사, 박창해 교수, 조선출 목사, 김준성 목사 등이 있었다. 오페라 가수 김자경金慈璟(1917~1999)과 그녀의 남편인 화가 심형구, 소프라노 김복희와 그녀의 남편 백선기, 유엔대사 임병직과 그의 보좌관도 우리 집을 방문했다.

명랑하고 따스한 성격의 김자경은 우리 모두에게 즐거운 시간을 갖게 해주었다. 그녀는 공부하느라 고생을 많이 했다. 여름방학 때는 롱 아일랜드 끝에 있는 몬토그매너 호텔 식당에서 일했는데, 그곳에서 아르바이트를 하던 한국 학생들은 그녀를 미국명인 '제넷'이라고 불렀다. 경기도 개성에서 태어난 그녀는 1940년에 이화여자전문학교 음악과를 졸업한 뒤 1948년 줄리어드 음악대학에서 성악을 전공했으며, 1965년 이탈리아 산타체칠리아Santa Cecilia 음악학교 성악과를 수료했다. 1941년 제1회 독창회를 개최한 이래 국내에서 50여 회의 독창회를 개최했다. 그녀는 1950년 뉴욕 카네기 리사이틀 홀에서 한국인 최초로 독창회를 개최한 이래 미국 각 주 80여 도시와 캐나다 등 해외에서 100여 회의 순회독창회를 개최했다. 1945~1948년에 이화여자전문학교 음악과 교수, 1958년부터 정년인 1983년까지 이화여자대학 음악대학 성악과 교수로 후진 양성에 노력했다.

김자경의 남편 심형구沈亨求(1908~1962)는 경기도 용인 출신으로 서울 제1고등보통학교(현 경복고등학교)를 졸업한 후 일본에 건너가 1931년에 동경미술학교 서양화과에 입학하여 1936년에 졸업했다. 그는 동 대학 서양화과에 재학 중이던 1935년 제15회 조선미술전람회에 특선하여 재능을 나타내고 이듬해에 졸업했다. 그는 제16회 조선미술전람회에서 총독상을 수상했으며, 매해 특선을 거듭하여 1940년에는 '추천작가'의 반열에 올랐다. 해방되던 해에 이화여자대학에 미술과가 창설되자 교수 및 학과장으로 임명되었고, 1948년에서 다음해 미국으로 떠날 때까지 이화여자대학 예술대학장을 역임했다. 아내 김자경과 함께 미국에서 10년 동안 머무는 동안 일리노이 주 아델피대학 회화과 초청교수로 재직하는 한편 많은 작품을 남겼다. 심형구는 1958년에 귀국하여 이화여자대학 미술대학에 교수로 복직하여 대학박물관장직도 겸하면서 새로운 작품의욕을 보이다가 1962년 8월 동해안 화진포 해수욕장에서 수영 중 심장마비로 익사했다.

한국 최초의 서양 오페라는 베르디의 〈춘희 *La Traviata*〉였다. 그때가 1948년경이었다. '춘희'의 역할을 김자경과 마금희가 맡았고, 남자 테너를 이인선이 맡았다. 보수적인 한국 사회였으므로 대학 교수가 학생들이 관람하는 무대에서 창녀의 역할을 한다는 것이 말세가 온 증거라고 사람들이 분노를 표시하기도 했다. 김자경은 아름다운 목소리를 지녔고 공부를 제대로 한 성악가였으나, 선머슴애 같은 터프한 성격의 그녀가 퇴폐적이고 노련한 성격의 '춘희' 역할을 소화하기에는 어울리지 않았다. 반면 마금희는 연기를 잘해 '춘희'의 역할을 잘 소화했으나 중요한 노래부르기 기술과 성량이 부족했다. 내가 서울대학 예과에 재학할 때 합창단원으로 서울방송국에 갔다가 김자경을 보았는데, 그때 그녀와 김천애는 우리나라가 자랑하던 '프리마돈나들'이었다. 그녀와 장모님과의 관계로 나와 그녀는 서로 아끼는 친구가 되었다.

김자경의 마지막 뉴욕 여행이 어제 일처럼 생각난다. 심한 당뇨에 시달린 그녀는 왼쪽 엄지발가락에 염증이 생겨 임시 치료를 받은 후 뉴욕으로 왔다. 뉴욕에 오면 그녀는 의친왕의 딸이자 후배인 이해경의 집에 유숙했다. 저녁 때에 왕진을 가보니 엄지발가락 염증은 가볍게 볼 만한 병이 아니었다. 임시 치료를 하고 왔는데, 다음날 아침 이해경의 말로는 밤새 아파서 고생했다고 했다. 이해경의 집에서 그녀를 데리고 와 검진을 하고 치료했는데, 절제수술이 필요하여 그 사실을 알려주었다. 곧 귀국하는 것이 상책이니 일리노이 주에 있는 딸에게 연락하라고 말하고 헤어졌다. 그것이 우리의 마지막 상봉이었다. 서울 아산병원 혈관외과 과장한테 연락을 취하고 그 병원에 입원한 그녀는 몇 주 후 집 근처 병원으로 옮겼다. 그 후 큰 골절로 타계했다는 말을 들었다.

우리 아파트를 방문할 때 고령의 임병직은 가족과 떨어져 혼자 살고 있었고, 그분의 보좌관 강문규는 나와는 대학 예과 동문이었다. 임병직은 내 동문과 함께 여러 차례 우리 아파트를 방문하여 장모님과 대화했다. 임병직은 김자경 교수를 "자경, 자경" 하고 미국식으로 이름을 불렀다. 그러고 보니 나도 요즘 친구 부인들을 으레 이름으로 부르고 있다. 친하면 이름 부르는 것이 더 정겹다. 소설가 김팔봉의 딸인 성악가 김복희와 그녀의 남편 백선기도 이따금 우리 집을 방문했다.

어느 날 뉴욕 맨해튼에 소재한 한인교회가 주최한 주일 피크닉이 있어 버스를 한 대 대절했다. 그날 장모님 혼자 피크닉에 갔으며, 시간에 맞춰 버스에 탑승했다. 좀 늦게 키 큰 중년신사가 버스에 탑승하여 장모님 옆 좌석에 앉게 되었다. 버스가 출발하고 어느 정도 달리는 가운데 그 신사가 말을 꺼내 어색한 침묵이 깨어졌다. 대화가 어느 정도 무르익자 그 신사는 다양한 대인관계를 지닌, 한복 차림을 한 중년 여인의 박식하고 재치 있는 말솜씨에 당황해하기도 했다. 그 신사는 뉴욕에 유람차 온, 서울에서 내과병원을 경영하던 이덕호 박사였다. 그 신사는 어색한 목소리로 "제가 듣기에 한국 소설가 김말봉 씨가 뉴욕에 와 계시다는 소문이 있더군요" 하고 말하자, 장모님은 "제가 김말봉입니다" 하고 미소를 띠며 말했다. 그날 피크닉은 이덕호 박사에게 즐거운 하루였다고 한다. 그 후 이 박사는 우리 집을 몇 차례 방문했고, 아름다운 바리톤 목소리로 〈나 혼자만이〉를 재금의 반주로 독창을 하기도 했다.

나와 인연을 맺은 목사님들

1949년 동자동 집으로 김말봉을 방문한 신사가 있었는데, 그분이 바로 내가 평생 존경해온 김재준 목사다. 김재준 목사는 1948년 새문안교회에서 개최된 한국장로교 총회에서 '축자영감설'을 거부함으로써 목사직과 신학교수직에서 해고되었다. '축자영감설'이란 성서를 하나님이 직접 한 자 한 자 불러서 쓴 책이라는 주장이다. 이러한 설을 지지하는 사람들은 대부분 보수주의 신앙을 가진 사람들로 성서의 원본이 문자적으로 오류가 없다고 보고 성서의 문자적 해석을 최선의 해석으로 간주하며, 심지어 성서의 내용을 과학적 사실이나 역사적 사실로 해석한다. 이러한 설의 기원은 기독교 이전 유대교 및 헬레니즘으로 종교적 황홀 상태에서 문자와 사상이 유래한다는 관점이다. '축자영감설' 지지자들은 디모데후서 3장 16절~17절에 나타나는 "모든 성경은 하나님의 감동으로 되었다"는 구절을 설의 근거로 꼽는다. 그러나 '축자영감설'을 부정하는 사람들은 "모든 성경은 하나님의 감동으로 되었다"는 구절은 구약성서에 대한 언급일 뿐 성서 전체에 대한 언급이 아니라고 말한다.

김재준 목사는 내 약혼식의 주례자로서도 우리에게 소중한 분이다. 그분이 1983년 한국으로 영구 귀국하기 전 뉴욕 한인교회에서 만찬회를 열었다. 저녁식사가 늦어져 집으로 돌아가려는 순간 목사님과의 마지막 대면이란 생각이 들었다. 목사님과 작별의 포옹을 하면서 나는 참을 수 없는 이별의 슬픔에 그만 울음보를 터뜨리고 말았다. 목사님도 눈시울을 붉히셨다. 목사님은 내가 평생 존경한 성자이자 박식하고 경건한 크리스천이셨다. 지금도 그분과 함께했던 과거의 기억이 새로우며, 그 기억이 나로 하여금 좀 더 성숙한 삶을 살아야 한다고 촉구한다. 그분을 인생의 스승으로 둘 수 있었던 것을 나는 자랑스럽게 생각한다. 그분이 나의 집에서 잡지『제삼일』의 편집인을 맡으라고 청했을 때 외과개업에 바빠 거절한 것이 늘 마음에 걸렸다. 그분은 1987년에 우리의 곁을 영원히 떠나셨다.

김말봉과의 인연으로 가깝게 교류한 목사님들이 여럿 있는데, 김정준, 조선출, 문익환, 문동환, 정대위, 김관석, 장원, 강원용 등 모두 훌륭하신 분들이다. 이들 가운데 2006년에 타계한 강원용姜元龍 (1917~2006) 목사와는 자주 만났다. 강원용 목사하고는 특히 뉴욕에서 가까운 친구가 되었다. 그들 대부분이 자서전을 썼고, 그들에 관한 출판

물이 많아 내가 따로 추가할 내용이 없어 보인다.

함경남도 이원군에서 태어난 강원용은 차호공립보통학교를 졸업한 후 1935년 만주 용정龍井에 있는 기독교계 은진중학교에 입학해 그 학교 교목이던 김재준의 영향을 많이 받았다. 그는 함께 수학하던 윤동주, 문익환 등과 농촌계몽활동을 하기도 했다. 1940년 일본 동경의 메이지학원 영문학부를 졸업하고 1948년에 조선신학교를 졸업했다. 1949년 11월 목사 안수를 받았으며, 김재준의 뒤를 이어 경동교회에서 목회했다. 그는 1954년에 캐나다 매니토바대학, 1956년 미국 유니언신학대학, 1957년 미국 뉴스쿨대학원을 졸업하고 한국으로 돌아와 한국기독교학생운동협의회 위원장, 한국기독교협의회 회장 등을 지냈다. 그는 1965년에 설립한 크리스천아카데미를 중심으로 개신교, 천주교, 불교, 유교, 천도교, 원불교 등 한국의 6대 종교지도자 대화모임을 개최하여 종교화합을 주도하는 한편 민주화운동 지원과 여성 지도자 배출 등에도 힘썼다. 그는 2006년에 세상을 떠났다.

우리 부부를 늘 아껴주던 그분들이 한 분 한 분 우리 곁을 떠났다. 우리는 사는 날까지 그분들을 고마워할 것이다.

김말봉에 대한 평가

장모님은 귀국했고, 한국에서의 그녀의 생활은 여전히 어려웠다. 김말봉은『태양의 권속』,『파도에 부치는 노래』,『새를 보라』,『바람의 향연』,『푸른 날개』,『옥합을 열고』,『찬란한 독배』,『생명』,『길』,『사슴』,『장미의 고향』 등을 잇달아 발표했다. 순수 문학에만 집착하던 문단을 향해 "순수 귀신을 버리라"고까지 말한 그녀는 작품 활동 초기부터 흥미 위주의 대중소설을 쓰면서 애욕의 갈등 속에서도 건전하고 정의가 승리하는 도덕성을 그려냈다. 순수 소설 속에 숭고한 철학이 있고 인생의 진리가 숨어 있다고 해도 광범위한 독자층을 매료할 만한 자신이 없다면 이미 소설가로서 낙제생이라는 것이 그녀의 지론이었다. 독자가 자신의 글을 이해하든 말든 자신이 쓰고 싶은 글만 쓰면 된다고 고집을 부리는 작가들을 향해 그녀는 "순수 귀신"에 눌렸거나 "순수 귀신" 그 자체라고 나무랐다.

김말봉은 문학을 '순수'라는 성역에서 해방시키려고 했다. 그녀는 폴란드 소설가 센키비츠의 『쿼바디스*Quo Vadis*』(1890)나 빅토르 위고의

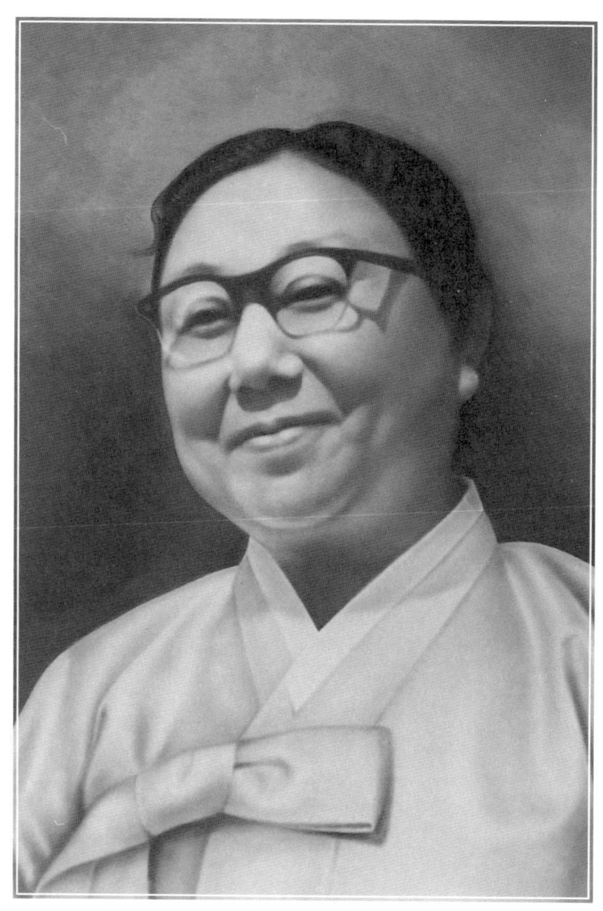

1995년 김말봉의 초상화

『레미제라블*Les Miserables*』(1862) 같은 작품을 쓰는 것이 소원이라고 말했다. 이는 인류가 보편적으로 지향하는 가치 체계인 사랑과 정의를 구현하는 데 그녀의 관심이 있었음을 의미한다. 이러한 휴머니즘은 기독교 신앙에 그 뿌리를 두고 있다. 그녀가 일찍이 쓴「나의 문필 생활과 유년기」란 제목의 글은 기독교가 창작의 근원이었음을 알게 해준다.

기독교 가정에서 자라난 나에게는 신구약 성경만이 유일한 독서의 대상이었다. 구약에 쓰여 있는 허다한 이야기의 전부는, 하나님을 순종하면 잘 되고, 거역하면 멸망하는 이스라엘의 역사였다. 유대 나라의 영웅과 위인들의 성공은 모두 여호와를 의지하여 된 것임을 알았다.

다윗의 '시편'은 그대로 나의 정서를 길러주었고, 솔로몬의 '잠언'과 철학적인 '전도서', 그리고 색채와 향기가 넘치는 '아가서'는 모두 내가 열 살 내외에 읽은 글이었다.

신약은 열두 살 때부터 정독했으며 정신 학교에서 4년간 수신 과목 대신으로 성경을 가르치는데, 나는 항상 성경에는 만점에 가까운 점수를 받았다. (중략)

내가 오늘날 소설가의 말석에 참여하게 된 것은, 따져보면 어릴 때 들은 어머니의 이야기와, 자라면서 얻은 성경 지식이 가장 큰 역할을 한 것이다. …… 밀턴, 단테, 톨스토이, 도스토예프스키 등의 허다한 걸작들도 성경의 지식이 없었으면 내게는 소화할 힘이 없었으리라고 단언한다.

인류가 보편적으로 지향하는 가치 체계인 사랑과 정의를 구현하기 위해서 김말봉이 대중소설을 선택한 것은 타당했다. 그녀가 정신적으로 지향하는 바가 어느 만큼의 문학적인 성과를 냈는지에 대해 평가하는 것은 그녀의 주요 작품들을 분석함으로써만 가능한 일이므로 그것은 평론가들의 몫이다.

김말봉은 자녀들을 엄격한 종교교육으로 다스렸고, "내가 죽으면 세상에서 가져갈 것이라고는 오직 성경밖에 없다"는 말을 입버릇처럼 했다. 그녀는 서울역 앞에 있는 성남교회를 한 주일도 거르는 일 없이 출석했다. 새벽기도에 빠지지 않았고 건강상 갈 수 없었을 때는 집에서 혼자 기도하고 찬송가를 불렀다. 소설가의 수입이란 일정하지 않아 고료가 많이 들어올 때도 있지만, 경제적 여유가 없을 때도 있는 법이다.

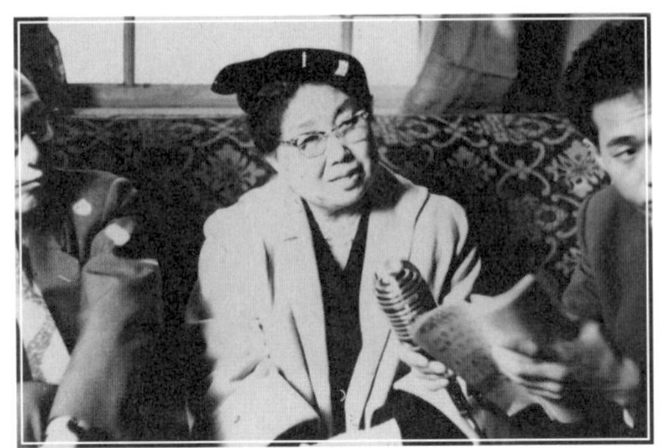

인터뷰 중인 김말봉

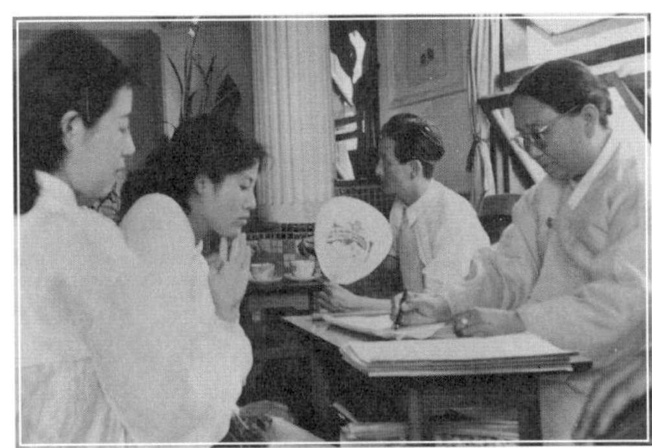

1952년, 부산
온달 다방에서 •
왼쪽부터 손소희,
이정순, 김말봉

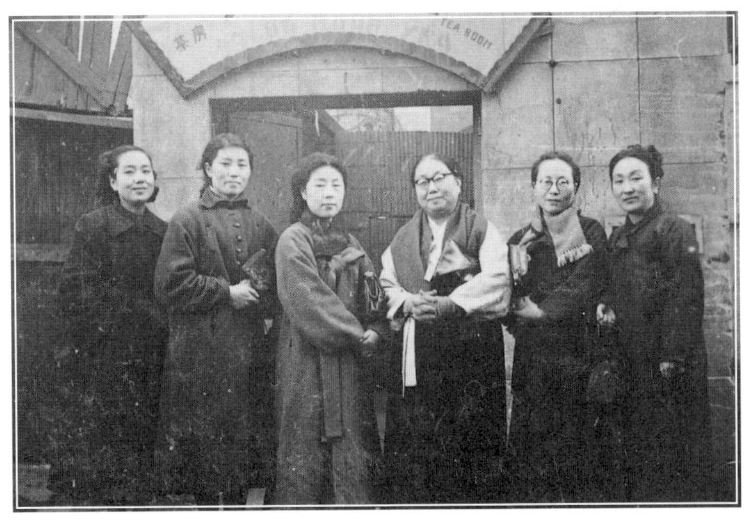

1953년 문예살롱 다방 앞에서 • 왼쪽부터 전재금, 전숙희, 손소희, 김말봉, 김향안, 최정희

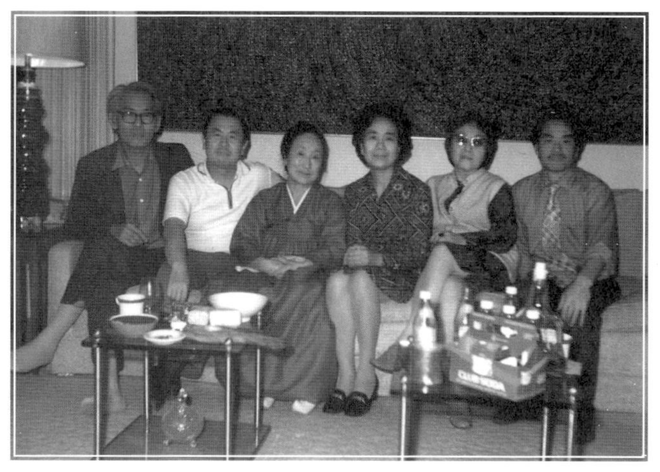

1973년 5월 24일, 김마태의 집에서 • 왼쪽부터 김환기, 김마태, 최정희,
전재금, 김향안, 조성각

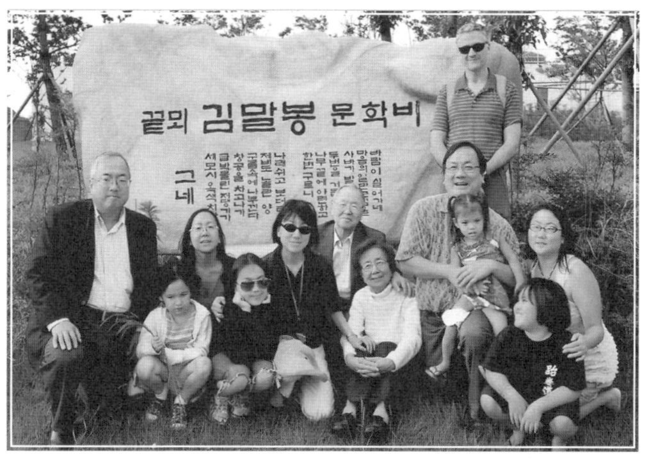

2011년 김해에서 • 마태 가족들

그러나 일 년 평균 수입을 잡아 십일조를 교회에 바쳤다. 교계에서 여성에게도 장로직을 주자는 주장이 받아들여져 김말봉은 1957년 11월에 한국 최초의 여성 장로가 되었다.

김말봉은 이승만 대통령 집권 말기에 대통령 재선운동에 관여한 것으로 비난을 받았다. 당시 저명인사들이 재선운동에 총동원되었다. 여성으로는 이화여자대학 총장 김활란과 김말봉이 동원되었다. 정계와는 아무 관련이 없고 정치에 야심을 품은 적도 없던 그녀는 독재자의 재선에 참여하게 된 것이다. 결국 이승만 정권은 붕괴되었고 이승만은 대통령직에서 물러났다. 이승만은 하와이로 망명했고, 독재정권에 대한 비난과 규탄은 재선운동에 활약했던 사람들에게 쏟아졌다. 김활란은 교육자로서 기반이 탄탄하여 비난을 그리 많이 받지 않았으나, 김말봉은 희생양으로 비난을 한 몸에 받게 되었다.

당시 김말봉은 극도의 외로움과 슬픔 그리고 어려운 환경에서 허덕이고 있었다. 그때 자유당 선거부에서 감언이설로 그녀를 유혹했다. 그 가운데 가장 마음에 와 닿은 것이 미국행이었다. 이번에 우리를 도와주면 미국에 가는 걸 도와준다는 제안이었다. 그녀는 그들의 꾐에 넘어갔다. 딸에 대한 동경과 사랑 때문에 의지가 꺾인 것이다.

그리고 얼마 지나지 않아 그녀는 병상에 눕게 되었다. 4.19혁명이 일어나자 세브란스 병원 입원실 밖에서 젊은이들의 함성이 들려왔고, 유혈혁명이 일어나고 있었다. 부정부패를 지탄하고 소위 '정의파'로 불리었던 김말봉에게는 악몽 같았던 일이었다. 그녀의 아픔과 회한은 이루 다 말할 수 없었다고 한다. 그녀가 타계하고 오랜 세월이 지난 후 교계의 이름 난 목사님이 재금에게 "어머니께서는 재금이 때문에……"라고 말끝을 흐리면서 오로지 딸 곁에서 말년을 보내고 싶었던 한 여인의 딸에 대한 사랑을 전해주었다.

김말봉은 말년에 수입이 없었고 경제적으로 곤궁한 가운데 비흡연 폐암에 시달렸다. 재금이와 나는 경제적으로 도움을 드리지 못했다. 뉴욕에서의 나의 월급은 150달러였고, 그 돈으로는 세 아이와 함께 사는 데도 충분치 못했다. 김말봉은 1961년 2월 9일 오전 6시에 타계했다. 2백여 편의 작품을 남기고 운명한 것이다. 그녀의 유해는 망우리 묘지에 안장됐고, 평소의 뜻대로 성경 한 권만이 고인의 품속에 안겨졌다. 그녀를 위한 묘비가 세워진 건 일 년 뒤 1주기를 맞아 문우들이 손수 세운 것이다.

「그 큼직한 동안童顔이, 김말봉 선생 25주기에 부쳐서」란 제목으로 시인 장수철은 다음과 같은 추도시를 발표했다.

　　찔레꽃 향기가 풍기던

　　그 큼직한 동안童顔이

　　지금도 생생하게 떠오릅니다.

　　세월은 흐르고 또 흘렀어도

　　어제일 같기 만한 추억-

　　부산항 광복동의 금강다방에서

　　피난 생활의 불안한 우리 문우들을

　　자갈치 시장 안

　　어느 식당에 데리고 가서는

　　낙동강 소주와 갖가지 생선회

　　향수에 목쉰 노래를 부르며

　　같이 설움을 달래어주었던

그때의 고맙던 우정의 향기가
지금도 생생하게 풍겨옵니다.

세월은 또 흘러
이번에는 그 동안童顔이 사라지는
용산구龍山區의 어느 교회에서
고개 숙여 명복을 빌었는데

그 자리에 모였던 그대의 얼굴들도
지금은 하나 둘 사라지고요

이 글을 쓰고 있는
이 사람도.
어느덧 칠십 고개를 넘어

안 좋은 시력으로 저기 저 하늘
쳐다보면서

찔레꽃 향기가 풍기던

그 큼직한 동안童顏을

오늘 문득 슬픈 마음으로

그려봅니다.

많은 문우들의 가슴에 새겨진 김말봉의 모습은 동안童顏이었다.

김말봉이 세상을 하직할 때까지 늘 곁에 있었던 사람 중에 친지 이옥경이 있었다. 이옥경은 소설가 이종환의 아내로 미국에서 교육을 받고 귀국하여 산부인과 의사로 활동하고 있었다. 얼마 후 그녀는 이종환과 이혼하고 아들 둘은 서울에 남겨둔 채 아프리카로 가버렸다. 그 후 그녀는 뉴욕으로 와서 10년 동안 지낸 후 서울로 돌아갔고, 2년 전에 타계했다. 재금이는 그녀가 어머니를 임종 때까지 돌봐준 것에 대해 늘 고마운 마음을 가지고 있었으며, 그녀가 타계하기 전까지 교류했다.

많은 독자들의 사랑을 받고 문우들로부터 부러움과 동경의 대상이었던 김말봉은 말년에 외로움과 가난 속에서 세상을 하직했다. 그녀를 지탱해준 힘과 위로는 신앙과 기도였다. 그녀 자신은 가난했지만 많은 사람들을 정신적으로 부유하게 만들었으며, 그녀는 외로웠지만 주변의 친구들을 기쁘게 만들었다. 배반과 아픔의 순간도 있었지만 그녀가 끝내 승리했다고 나는 믿는다. 나는 그분을 통해 많은 진취적인 기독교인과 지식인들을 만날 수 있었으며, 그들과의 오랜 우정으로 나의 삶은 매우 풍요로워졌다. 나의 삶의 구원에 그분이 계셨다.

부산 피난시절 문인들이 모일 때 놀림을 당하듯 박수를 받으며 일어나서 김소월의 시를 읊은 이가 있었다. 김규동과 함께 경성고등보통학교에서 공부했던 시인 공중인孔中仁(1923~1965)이었다. 김규동보다 몸이 훨씬 큰 공중인은 얼굴을 붉혀가면서 목청을 점점 높여가며 김소월의 시를 단숨에 낭독했는데, 숨이 끊어질 듯해서 문인들이 그만 폭소를 터뜨렸다. 요절한 그는 나의 학교 선배로 지금도 그에 대한 기억이 뚜렷하다.

지금 나는 이 글을 쓰면서 내게 있어 둘도 없는 영원의 여인인 김말봉 여사를 마음속에 떠올린다. 김소월의 시 「초혼」이 그분과의 이별에 대한 나의 마음을 잘 전달해준다.

산산히 부서진 이름이여!
허공虛空 중에 헤어진 이름이여!
불러도 주인 없는 이름이여!
부르다가 내가 죽을 이름이여!

심중心中에 남아 있는 말 한마디는
끝끝내 마저 하지 못하였구나.
사랑하던 그 사람이여!
사랑하던 그 사람이여!

붉은 해는 서산西山 마루에 걸리었다.
사슴의 무리도 슬피 운다.
떨어져 나가 앉은 산 위에서
나는 그대의 이름을 부르노라.

설음에 겹도록 부르노라.
설음에 겹도록 부르노라.

부르는 소리는 빗겨 가지만

하늘과 땅 사이가 너무 넓구나.

선 채로 이 자리에 돌이 되어도

부르다가 내가 죽을 이름이여!

사랑하던 그 사람이여!

사랑하던 그 사람이여!

이처럼 김말봉 여사는 인생의 아름다움을 내게 주고 갔다.

1985년 12월 9일자 경향신문에 「김말봉은 소설사小說史에 올라야」라는 제목의 글이 실렸다. 김말봉 타계 25주기를 앞두고 문단에서 그동안 대중작가로 경시해온 김말봉에 대한 평가를 바로잡아야 한다는 취지의 글이었다. 그녀가 '삶에 대한 미의식'을 부각시킨 점을 원로문인들이 높이 평가하고 있었다. 김말봉의 사위인 목사이자 문학평론가 정하은, 김동리, 곽종원 등은 김말봉기념사업회의 설립을 준비했다.

1986년 6월 26일자 경향신문은 정하은이『김말봉의 문학과 사회』(종로서적)라는 제목의 책을 출간했음을 보도했다. 이 책에는 최정희, 임옥인, 모윤숙, 박경리, 조경희, 송원희, 강신재, 천경자, 김도희, 전숙희 등 여류작가 열 명과 정한숙, 김규동, 김동리 외에 종교인으로 김재준, 강원용, 정대위 등의 회고담이 실렸다.

김말봉에 대한 평가는 그녀의 작품을 사랑하는 독자들의 몫이라고 생각한다. 아직도 그녀의 소설을 읽고 그 이야기를 다른 사람에게 전하며 감동을 나누기를 바라는 독자들이야말로 그녀에 대한 진정한 가치를 직접 느끼는 사람들이다. 문학에서 가장 귀한 가치는 오랫동안 사람들에 의해 애독되고 감동을 전달하는 것이다. 그런 의미에서 김말봉의 문학은 현재에도 진행 중이다.

3.

평생 이어진
김환기와의 인연

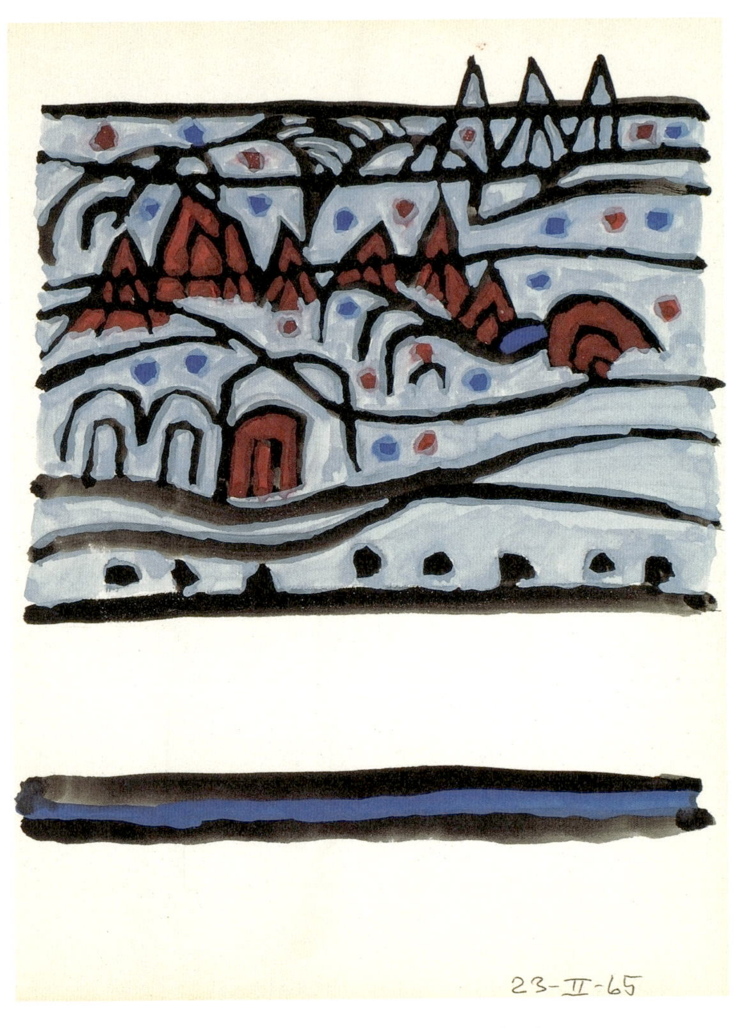

무제 23-Ⅱ-65 • 종이에 과슈, 27x20.5cm, 1965 ⓒ 환기미술관

광복동 다방에 진을 친
문인과 예술가들

1950년 말, 부산 광복동에는 넘쳐나는 예술가들을 수용하기 위한 다방이 많이 생겼다. 광복동 파출소 앞길이 세 갈래였는데, 오른편 길에 금강다방, 왼편 길 이층에는 온달다방, 앞으로 곧장 가면 록원다방이 보였다. 피난 온 처지에 자신만의 공간인 서재를 가진다는 건 있을 수 없었으므로 문인들은 매일 다방으로 출근했다. 다방은 문인들의 서재였으며 지인들과 담소하는 장소였다. 금강다방은 김동리와 손소희가 자주 만나던 정감이 서린 곳이었다. 두 사람 외에도 많은 문인들이 그곳을 진지로 삼았는데, 대표적인 인물로 경상남도 함안 출생으로 시인이며 문학평론가인 석제石濟 조연현趙演鉉(1920~1981)과 평안남도 대동 출생의 황순원黃順元(1915~2000)이 있었다.

조연현은 1938년에 배재고등보통학교를 졸업했고, 시 동인지 『아芽』(1938), 『시림詩林』(1939)에 참여하면서 시와 평론 등을 발표하기 시작했다. 그는 1940년 만주 하얼빈에 잠시 머물다가 귀국하여 혜화전문학교에 입학했으나 1941년 학생사건에 연루되어 중퇴하고, 해방되던 해에 『예술부락藝術部落』지를 창간하면서 본격적인 비평 활동을 시작했다. 1946년 좌익계 문학가동맹 측에 정면으로 맞서 김동리, 서정주 등과 함께 청년문학가협회를 결성했다. 그가 1947년에 평론「논리와 생리」등을 발표하면서 조선문학가동맹 측의 문인들과 벌인 논쟁은 유명하다.

황순원은 1930년, 열다섯 살 때부터 동요와 시를 신문에 발표하기 시작했고, 이듬해 열여섯 살 때에 시「나의 꿈」을 『동광』지에 발표하며 등단했다. 1933년 시「1933년 수레바퀴」등 다수의 작품을 발표하고, 이듬해 숭실중학을 졸업한 뒤 일본 동경의 와세다 제2고등학원早稻田第二高等學院에 입학했다. 이 무렵 동경에서 이해랑, 김동원 등과 함께 극예술연구단체인 학생예술좌學生藝術座를 창립했으며, 초기의 소박한 서정시들을 모아 첫 시집 『방가放歌』를 출간했다. 1939년에 귀국하여 서울중학교에 교사로 재직하면서 단편소설『술』과 장편소설『별과 같이 살다』를 발표했다. 그의 작품은 한국 현대소설의 전범으로 인정받고 있다.

금강다방의 단골손님 가운데 화가로는 어느 문인보다 키가 큰 수화樹話 김환기金煥基(1913~1974)가 있었다. 그는 아내 김향안과 함께 금강다방에 출입하다가 새로 개업한 르네상스다방으로 단골을 바꾸었다.

그는 1953년 5월 6일 『신천지』에 「파리에 보내는 편지」란 제목의 글을
기고했는데, 이는 가난에 허덕이던 당시 문인과 예술가들의 삶을 알게
해준다.

오늘 밤 좋은 친구들과 막걸리 추렴을 하고 왔소. 회비 50환으로 우
리는 노래도 부르고 춤도 추고 틀려먹은 놈 욕도 할 수가 있었소. 잡
문 팔아 시를 팔아 컷을 팔아 50환의 막걸리 추렴 - 이 나라의 40대
예술가는 얼마나 고풍한 곡마단들이겠소. 막걸리 한 되에 60환, 명
태 한 마리에 20환, 참고삼아 알려드리오. 차는 30환인데 지금은 금
강으로 몰리지 않고 르네상스로 몰리나 봅디다. 이런 현상은 무슨
이유가 있어서가 아니라 봄이 오자 어지간히 금강에 권태가 왔고,
신장한 르네상스에선 자주 미전이 있고 해서 아마 이리로 몰리게 되
나 봅니다. 청구서림 바로 앞입니다.

김말봉의 취향에는 온달다방이 적격이었다. 그 다방에는 유난히
큰 눈망울을 한 레지가 있었다. 손소희는 이따금 김말봉을 만나러 그 다
방에 오곤 했다.

광복동 거리에서 마주친
김환기 부부

내가 김환기 부부를 처음 만난 건 1951년이었다. 재금이와 김말봉 여사를 따라 광복동 거리를 걸어가고 있었는데, 맞은편에서 미군 군복을 입은 안경 낀 키 큰 분이 안경을 낀 아내 김향안과 함께 걸어오고 있었다. 여사의 소개로 그 부부와 미소로 인사를 나눴다. 김향안의 안경은 도수가 높았는데, 훗날 초등학교 5학년 때부터 안경을 착용했다고 말해주었다. 그 후 광복동에서 그 부부를 만나는 일이 잦아졌다. 당시 동란 중 이전한 의대가 근처에 있었고, 나는 졸업 후 의사자격증을 받은 때였다. 김향안이 요절한 천재 시인 이상의 아내였다는 사실을 안 건 그 후였다. 이상이 나의 중학교 담임인 김기림과 가까운 사이였다는 것도 몰랐다. 당시 김기림은 납북 후 고인이 된 것으로 알려져 있었다.

훗날 김향안이 회고한 글에서 당시 김말봉의 모습을 머리에 떠올릴 수 있다.

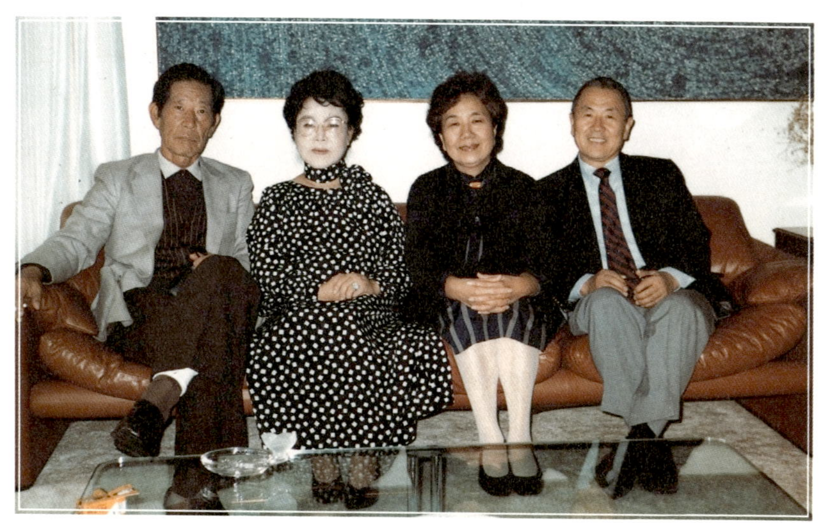

1978년경, 김환기의 작품을 배경으로 • 왼쪽부터 한무숙 부부, 전재금, 김마태

2001년 4월 3일은 김말봉 선생의 100세 생신이고 세상을 떠나신 지 40주기가 된다. 김말봉 선생의 추억은 나의 회고의 한 페이지를 충분히 차지한다. 피난시절의 잊혀질 수 없는 존재이셨다. …… 우리가 날마다 다닌 데는 금강다방이었다. 거기 나가면 손소희를 만났다. 좀 앉아 있으면 언제나 이종환 씨가 김말봉 선생을 모시고 나왔다. 김동리 씨도 나오고 가끔 향정 한무숙이 끼었다. 문인들은 거

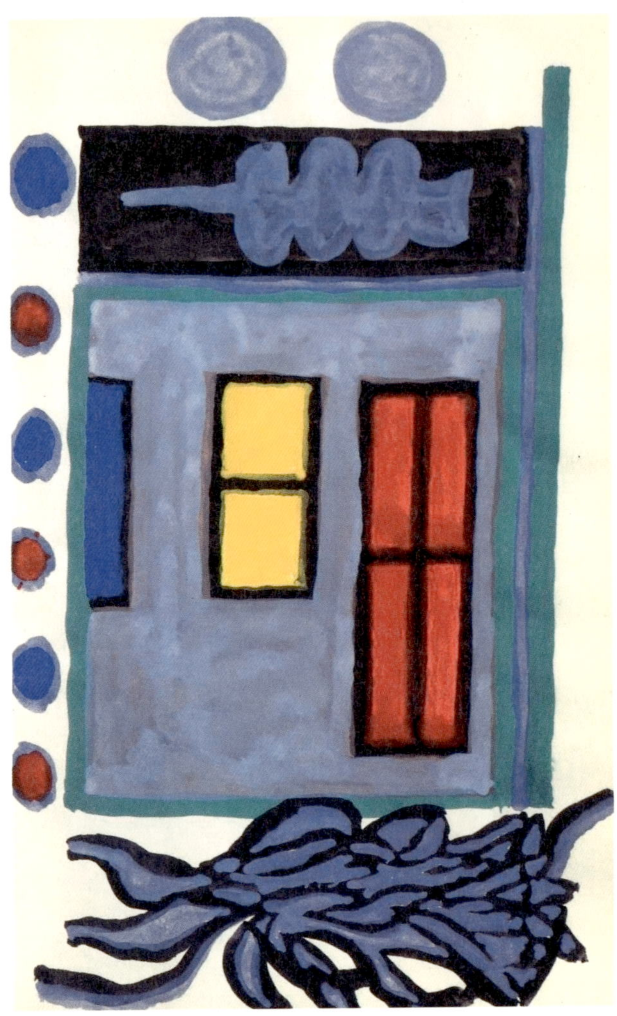

무제 56-64 • 종이에 과슈, 21x13.5cm, 1964 ⓒ 환기미술관

의가 대구로 피난을 갔기 때문에 부산에는 우리들밖에 없었다. 우리가 차를 마시고 난 다음이라도 선생이 나오시면 또 차를 사주셨다. …… 김말봉 선생은 뚱뚱한 모습이시나 얼굴은 예쁘장하셔서 언제나 눈웃음을 웃으시며 화사한 인상을 주셨다. 또 언제나 혼자가 아니시고 주위에 남녀 젊은이들을 거느리고 다니셨다.

김향안이 이상과 빛과 그림자의 관계로 일체가 된 건 경기여고를 졸업하고 이화여전에 재학할 때였다. 그녀는 거의 매일 이상을 만났다고 했다. 이상이 그녀에게 "우리 같이 죽을까?" 또는 "어디 먼 데 갈까?" 하고 말하면, 그 말을 그녀는 사랑의 고백으로 들었다고 했다. 이상은 개울가의 조그만 집에 기본 생활도구와 침구를 마련하고 김향안과 동거했다. 그녀는 어머니를 떠나 집을 나와 이상의 아내가 되었다. 그녀와 이상의 꿈 같은 신혼은 3개월 남짓으로 종료되었는데, 일본으로 간 이상이 27세의 나이로 동경에서 요절했기 때문이다.

이상이 세상을 떠난 지 4년 후 어느 여류시인이 그녀를 김환기에게 소개시켜 주었다. 김환기는 일본대학 미술과 재학 시절인 1934년에 아방가르드 미술연구소에 다니면서 추상미술 운동에 참여하기 시작했다.

1937년 귀국할 때까지 일본에서 길진섭吉鎭燮 등과 백만회白蠻會를 조직하는 한편, 자유전自由展의 출품과 아마기화랑天城畵廊에서의 개인전을 통하여 신미술 운동에 적극 참여했다. 김환기는 어린 나이에 결혼하여 딸 셋을 두었고, 아내와는 이혼한 상태였다. 김환기와 김향안은 1944년 5월 1일에 결혼식을 올렸다. 주례를 한국 현대미술의 선구자 고희동이 맡고, 사회를 정지용과 길진섭이 맡았다. 두 사람은 성북동 274-1에 소재한 근원近園 김용준金瑢俊(1904~1967)이 손수 지은 노시산방老柿山房을 물려받아 보금자리로 꾸몄다. 그때만 해도 성북동은 맑은 개울이 흐르는 산협, 드문드문 인가가 있는 별장지대였다.

해방 후 김환기는 장발, 김용준 등과 함께 서울대학 미술학부를 창설하고 그곳에 재직했다. 김용준은 6.25동란이 발발하자 1950년 9월에 월북해 평양미술대학 교수가 되었고, 조선미술가동맹 조선화분과위원장, 과학원 고고학연구소 연구원 등으로 활동하다 1967년 타계했다.

김환기는 거의 자정 가까이 되어서야 귀가했지만, 그는 밖에서의 일을 아내에게 모두 말해주었다. 김향안은 김환기의 노모와 그의 세 딸을 돌보았다.

가난과 혼란의 피난시절, 그런 가운데서도 김환기는 1952년 1월에 개인전을 열고 최근 작품들을 선보였다. 개인전을 연 곳이 뉴-서울다방이었다. 광복동 사거리에서 뉴-서울다방으로 가려면 흙투성이 뒷골목을 지나야 했다. 반지하에 있는 다방은 크지 않고, 작은 창들이 길 높이로 있던 곳이다. 작은 공간이라 전시된 작품들은 30호 미만의 소품들로 〈판자집〉, 〈진해풍경〉, 〈꽃장수〉, 〈항아리와 여인〉 등이었다. 다시 전시장을 찾을 때엔 의대 친구들을 데리고 갔다. 수입이 변변치 않은 우리 병아리 의사들은 작품을 구입할 꿈도 못 꾸었다. 돈의 여유가 있어야 작품을 살 수 있다는 건 우리 문화의 관습이었다. 그림을 사서 벽에 걸어두고 늘 감상한다는 건 우리 문화에서 절실한 것이 못 되었다. 나중에 안 사실이지만, 다행히도 뉴욕에 있는 여류화가 김명희의 부친이 김환기의 작품 다섯 점을 구입했다. 그는 그때 한국은행 총재였다. 훗날 그의 사위인 화가 김차섭과 김명희가 다섯 점 가운데 하나를 환기미술관에 기증했다. 김차섭은 1970년대 초에 뉴욕으로 가서 그곳에서 아내와 함께 활동하는 화가다.

1952년 『신천지』 3월호에 실린 김환기의 「산처기山妻記」란 제목의 글에서 당시 그가 겪은 가난과 아내에 대한 미안한 마음을 읽어낼 수 있다. 그는 아내를 산처라고 불렀다. 자신이 술을 마시든 게으름을 피우

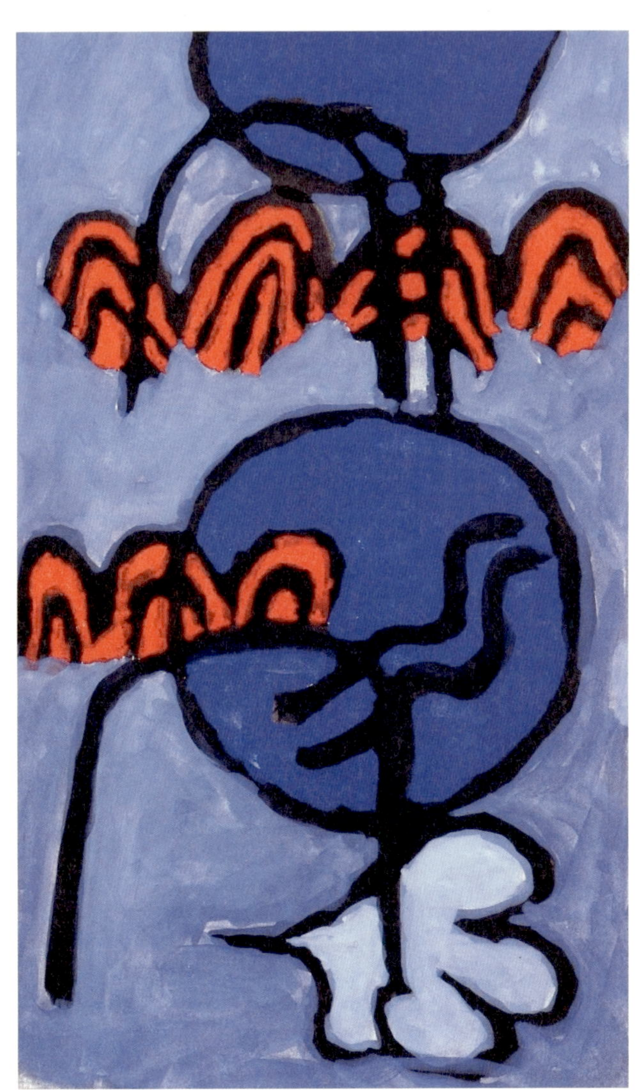

무제 122-64 •
종이에 과슈,
21x13.5cm, 1964
ⓒ 환기미술관

든 아내가 아무 말도 하지 않고 늘 명랑하게 대해주는 데 대해서 감사를 표시했다. "세상이 귀찮고 그림을 못 그릴 때면 나는 부지중 아내에게 신경질을 부린다. 그럴 때면 찻값을 주어 내보내든지 술을 사들고 와서 한 잔 권할 때도 있다"며 아내에게 고마움을 표시했다.

피난시절에 만난 김환기와의 인연은 그가 뉴욕으로 오면서 계속 이어졌다. 외과전문의 수련을 보스턴에서 마친 나는 1964년 봄 뉴욕 근교 포체스터에서 외과전문의로 개업했다. 그때 뉴욕에는 화가 김훈金薰 (1924~)이 활동하고 있었다. 김훈은 내가 부산에서 미국으로 떠날 때 송별파티에서 상송을 불러준 사람이다. 뉴욕에서 그를 다시 만나니 매우 반가웠다. 그는 매디슨 애비뉴 60가에 있는 중국인 화상과 거래를 하고 있었다. 우린 그곳에서 자주 만났다. 3년 후 그는 아내와 헤어지고 서울로 돌아갔다. 그는 120호 크기의 작품을 내게 기념으로 주고 갔다. 그것은 추상화로 롤러에 물감을 묻혀 독특한 기법으로 그린 작품이었다.

1953년, 미국으로 떠나기 전 김환기 부부를 이따금 만났으며, 그들과의 우정은 더욱 깊어졌다. 뉴욕에 온 후 어느 날 메트로폴리탄 미술관에 갔다. 방마다 빼곡하게 전시된 거장들의 작품을 보고 중학교 시절 김하건으로부터 책으로만 소개받았던 기억을 되살릴 수 있었다. 그 날의

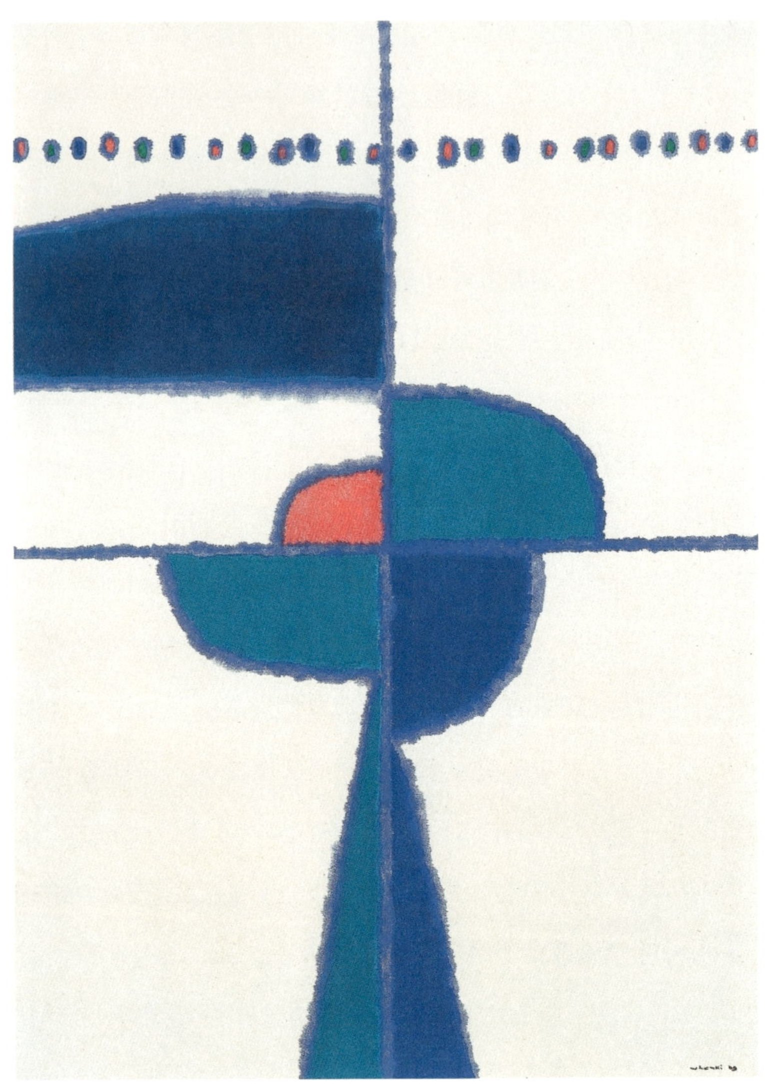

무제 20-Ⅱ-69 • 코튼에 유채, 178x127cm, 1969 ⓒ 환기미술관

감격을 엽서에 적어 김환기에게 보냈다. 외람된 말이지만 그 많은 작품들을 본 감격을 수화 김환기와 나누고 싶었기 때문이었다.

김향안의 수필에 김환기가 술을 자주 마셨다는 내용이 적혀 있지만, 뉴욕에서 보낸 그의 생애 마지막 11년 동안 그가 과음하는 걸 본 적이 없다. 그는 술을 한 잔 마시고 은근히 밀려오는 술의 기운을 즐겼다. 그러나 취기가 오를 때면 초조함과 의혹에 찬 얼굴 표정을 볼 수 있었다. 홍익대학 미술대 학장과 한국미술가협회 회장이란 직책이 더 넓은 세계로 가고 싶어 한 그에게는 위로가 되지 못했다. 그에게는 보다 큰 야망이 있었다. 이국에서 빈곤한 생활을 할 수밖에 없었으나 그런 건 견딜 만한 것이었고, 그가 초조해하고 의혹에 찬 건 나이가 듦에 따라 화가로서의 실패를 맛보고 노력해도 성취하지 못할 것 같은 두려움이 들었기 때문이다. 그는 화가로서 현재의 미술세계에서 자신의 위치가 어디인지 진정으로 알고 싶어 했다.

김향안은 그에게 "우리는 바깥세상으로 나가야만 해요. 파리로 갑시다" 하고 말하고 그때부터 불어를 공부하기 시작했다. 김환기의 「산처기」에서 당시의 상황을 이해할 수 있는 구절을 발견할 수 있다.

아내는 미술 감상에 있어서도 아주 제법이다. 한 번 구라파에 다녀오면 미술평론을 해보고 싶단다. 이는 건방진 소리여서 대꾸도 하지 않으나 수년 전부터 아내는 자꾸만 불란서에 가자고 한다. 한 번은 술을 마시고 돌아와서 '나 파리에 간다, 너도 데리고 가지'라고 한 적이 있은 후부터 아내는 불어 공부를 시작하고 있지 않은가. 피난 올 때도 불어책만은 가지고 온 모양이다. 아내는 쓰임새(쓸 것도 없지만)나 인정에 헤픈 사람이다. 나는 이걸 나무라면서도 은근히 미덕이라 생각한다.

파리로 간 김환기

비상한 두뇌의 소유자인 김향안은 얼마 안 되어 불어와 영어를 유창하게 말하게 되었다. 그녀는 1955년에 홀로 파리로 가서 자리를 잡고 1년 후 남편을 데려갔다. 언어와 배짱이 남편보다 넉넉한 그녀가 남편을 위

한 작업실과 생활공간을 그곳에 마련한 것이다. 뤽상부르 공원이 바라
보이는 곳에 김환기의 아틀리에가 마련되었다. 아틀리에를 빌리기란 쉽
지 않은 일인데 억척스런 그녀가 해낸 것이다. 2차 세계대전 이전 파리
전성기에 지어진 수많은 아틀리에가 일반인에게 양도되어 살림집으로
변했고, 한 번 살림집이 되어버린 아틀리에는 예술가의 소유로 다시는
돌아오지 않았다. 운이 좋게도 김향안은 폴란드에서 프랑스로 망명한
여인의 소개로 뤽상부르 공원 근처 2층에 아틀리에를 얻었다.

　1956년 5월 초, 파리에 도착한 김환기는 「파리 통신 I」이란 제목의
글에서 소감을 적었다.

아득하게만 생각되던 파리가 막상 와놓고 보니 그렇게 멀지도 않구
려. 또 이렇게 조용한 화실에서 새 소리까지 듣고 있으니 도무지 파
리 같지가 않고 꼭 성북동 연장 같기만 하오. 어제 새벽에 파리에 내
려서 그 길로 샴페인에 취하여 뤽상부르 공원을 산보하지 않았겠소.
역시 파리는 좋구려. 이래서들 모두 파리, 파리 했나 보지. …… 요행
히 내 화실은 뤽상부르 공원 가까이 있고 담배 피워 물고 나가면 곧
몽파르나스에 나가지고 거기 발작의 동상이 서 있다오. 책에서만 읽

고 말만 듣던 카페 구폴도 바로 여기 있구려. 아, 그 풍성풍성한 그림 재료는 눈요기만 해도 열이 내리는구려.

김환기는 남관南寬(1911~1990)을 만나 카페에서 그동안 격조했던 이야기, 고국화단 소식, 파리 미술계 등에 관해 대화하고, 나중에 남관과 박영선朴泳善(1910~1994)을 집으로 초대했다.

경상북도 청송 출생의 남관은 열네 살이 되던 해 일본으로 건너가 그곳에서 성장했다. 1935년 동경의 다이헤이요미술학교太平洋美術學校를 졸업하고 해방 직후 귀국할 때까지 일본에서 활동하면서 작가로서의 기반을 닦았다. 서울에 정착해 1947년 이쾌대, 이인성, 이규상 등과 조선미술문화협회를 결성했다. 국내에서의 첫 개인전을 열었고, 1949년 제1회 국전에서 일약 서양화부 추천작가 반열에 올랐다. 그는 김환기보다 한 해 먼저 파리로 가서 그랑드 쇼미에르에 입학하여 추상화에 몰입하고 있었다.

평양 출생의 박영선은 1933~1936년에 동경의 가와바타화학교川端畫學校에 유학했다. 1938년부터 1943년까지 조선미술전람회에 연 5회 특선하고, 2회 수상했으며, 1949년 제1회 국전부터 추천작가, 초대작가

및 심사위원으로 참여했다. 이화여자대학과 홍익대학에서 교수로 재직하다가 김환기보다 한 해 먼저 파리로 갔다. 그도 그랑드 쇼미에르에서 수학하면서 누드를 즐겨 그렸다. 남관은 김환기보다 두 살, 박영선은 세 살 많았다.

김향안의 회고에 의하면 그들 부부가 방문한 화가는 조르주 루오 한 사람뿐으로, 그의 저택이 수도자의 은둔처처럼 소박한 가구들로 채워져 있어 검소한 생활을 짐작할 수 있었다고 했다. 유감스럽게도 그들이 방문했을 때 루오는 와병한 지 오래되어 숙면에 잠겨 있었다. 루오의 딸 이사벨이 "아버지는 자꾸만 잠만 자고 있어요. 봄이 돼서 다소 회복이 되면 다시 오시도록 속달을 드릴께요" 하고 말하자 그들은 선물로 가져간 자개상자를 주었고, 이사벨이 답례로 저녁별이란 뜻의 특제 화집 '스텔라 베스뻬르띠나'를 주었다.

김환기는 국내에서 궁금해했던 화가들의 작품을 거의 다 보았다. 그가 1956년 10월 「파리 통신 Ⅲ」이란 제목으로 기고한 글에서 서양화에 대한 그의 취향을 알 수 있다.

역시 뷔페(장 드뷔페)와 마네시에(알프레드 마네시에)가 제일 나은 것 같소. 추상으로는 마네시에가 제일이요. 다른 유로는 뷔페가 제일인데, 뷔페에겐 무언지 매력이 있소. 그 밖에 마르샹은 가짜요. 또한 레제 선생, 브라크 선생이 난 대단치 않게 생각됐소. 예술이란 참 힘든 일이나 보지요. 아무래도 피카소 한 사람인 것 같소. 피카소에겐 손을 안 들 수가 없구려. 피카소는 역시 귀신입디다. 그리고 루오 선생을 존경합니다. …… 참 미로(호앙 미로)도 좋은 것 같아요. 회화는 안 보았으나 도자기를 보았는데, 재미난 장난꾸러기 같아요.

피카소에 대한 그의 찬사는 1961년 9월의 글에서도 발견되는데, 「편편상片片想」이란 제목의 글에서 20세기의 대가에게 존경을 표현했다.

피카소는 발견이란 말을 많이 쓴다. 그 다음엔 파괴란 말을 또한 많이 쓴다. 발견하고 표현하며 그 다음엔 파괴해버린다. 피카소의 창작은 파괴인 것이다. 그래서, 자꾸 전진해 가고 있는, 자꾸 전진해 가기 때문에 여든 살 된 노인이 아직도 젊은 세대의 앞장을 서 있는 거다. 여러 예술 분야에 있어 미술이 가장 전위에 나가고 있는 것도 피카소의 위력이요, 많은 미술가들이 안심하고 난해한 그림을 그리고 있는 것도 피카소의 혜택이다. 피카소는 늘 앞장을 서서 미술을 보는 법을 세계 시민들에게 가르쳐주었기 때문에, 오늘의 젊은 미술가들은 자유로이 제작만 하면 되는 것이다.

김환기는 피카소가 자신의 강적이었다면서 그의 존재가 자신을 고무시켰고, 자신의 작업에 박차를 가해주었으며, 그와 대립하여 의욕을 품게 된 것이 그가 이끈 힘이었다고 말했다. 김환기는 입체주의에서 다양한 회화의 가능성들이 발견된 것이라고 말했다.

그는 1956년 파리의 M.베네지트 화랑에서 제6회 개인전을 열었다. 그리고 2년 후 파리의 앵스튀트 화랑에서 다시 제10회 개인전을 열었다. 〈봄〉, 〈하늘〉 등이 그때 소개되었다.

그는 1959년 12월에 귀국하여 당시의 소감을 적었다.

3, 4년 외국에서 놀다 돌아오니 어머님이 돌아가셨고 노천명, 이중섭, 김내성 친구들이 저 세상에 가버렸다. 늘 어울려 술을 하던 친구들이 거의 다 술을 못한다. 마음의 변화에서 금주 절주가 아니라 건강이 당해낼 수가 없어서 술을 못하게 되었다.

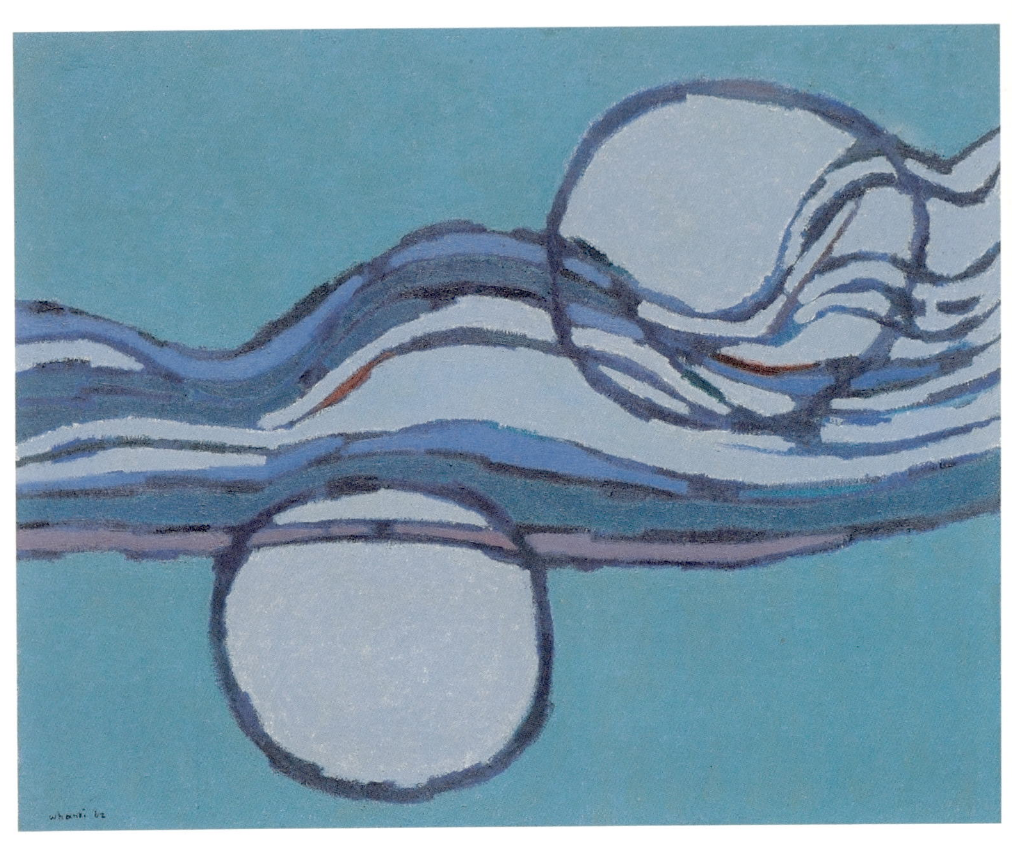

산월 • 캔버스에 유채, 132x163cm, 1962 ⓒ 환기미술관

김환기의 뉴욕 생활

김환기는 1963년 브라질에서 개최된 상파울로 비엔날레에 한국 대표로 출품하여 명예상 수상의 영예를 안았다. 21개국의 평론가들이 수상자를 결정했으며, 대상은 미국 화가 아돌프 고틀리브에게 돌아갔다. 미국 화가로는 그만이 참여했는데, 가장 작은 작품이 100호 정도였고, 나머지는 모두 매우 컸다. 그가 대작을 46점이나 소개했으므로 미국관은 그야말로 사람들로 가득 찼다. 아직 한국이라는 나라의 이름이 널리 알려지지 않았을 때였던 만큼 김환기가 작으나마 수상한 것은 한국 화단의 영예로 의미가 컸다.

김환기가 상파울로로부터 뉴욕에 발을 디딘 건 1963년 10월 20일이었다. 그는 브라질에서 작업할까 생각했지만, 너무 더워서 그 생각을 버리고 뉴욕을 선택했다. 뉴욕에서의 즐거움으로 그는 맘 놓고 어디서나 어느 때나 맛있는 커피를 마시는 것, 담배 카멜을 맘껏 피울 수 있는 것 등을 꼽았다.

뉴욕에는 화가 김창렬金昌烈(1929~), 조각가 한용진韓鏞進(1934~), 그

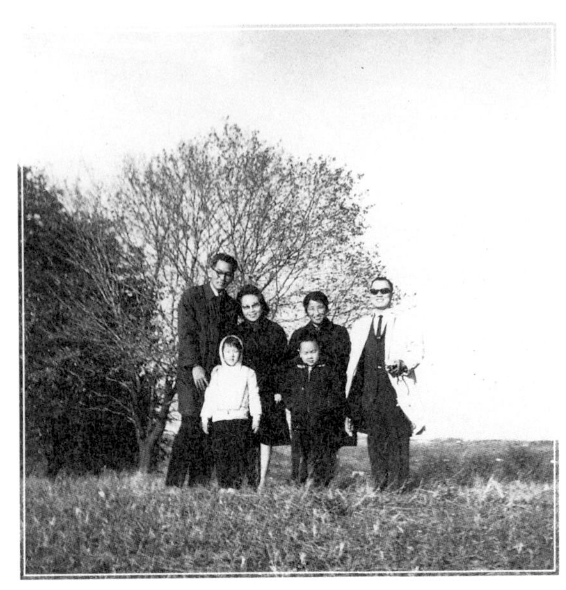

1964년 • 아래 왼쪽부터
수잔, 다니엘, 위 왼쪽부터
김환기, 김향안, 장원, 김마태

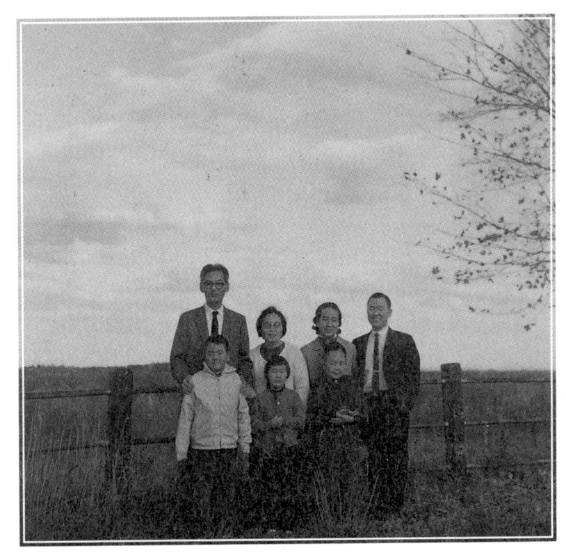

1965년 • 위 왼쪽부터
김환기, 김향안, 전재금,
김마태, 아래 김마태와
전재금의 자녀들, 유진,
수잔, 다니엘

리고 화가이자 한용진의 아내인 문미애文美愛(1937~2004)가 있었다. 김환기는 맨해튼 브로드웨이 113가에 방을 얻었다. 매 주 12달러를 내는 14층에 3평 남짓 되는 방에서 지냈다. 약간의 가구가 갖추어진 방으로 침대 외에 그의 말로 "우습게 생긴 가구(옷장)"가 하나 있는 방이었다. 그는 "복도같이 생긴 방인데 목욕은 세 사람이 같이 쓰는 공동탕에서 한다"고 적었다. "콧구멍만한 방인데 (겨울이지만) 어떻게나 더운지(스팀이 고장 나서 잠글 수 없음)" 창을 열어놓아야 했다. 그는 그곳에서 과거에 과슈로 그린 것을 유화로 다시 그리기도 하고, 1961~1963년 홍대 연구실에서 그린 것을 보고 새삼 자찬하기도 했다. 그는 같은 층의 B의 방에서 종종 작업했다. 요리 솜씨가 대단한 B는 초등학교 교사로 재직하면서 컬럼비아대학에서 박사과정을 밟던 미국인이었다.

　이 시기에 김창렬은 그를 유명하게 만들어준 물방울 회화를 실험하고 있었다. 아래로 막 굴러떨어질 것 같은 생동감이 넘치는 물방울을 화면에 하나, 둘, 여러 개 그리고 있었다. 평안북도 출신의 김창렬은 경찰관 생활을 하다가 그만두고 서울대학 미술과를 졸업했다. 졸업 후 서울예고에서 교사로 재직하던 중 새로운 세상을 찾아 파리로 가서 작업하다가 물방울을 그리게 되었다. 그는 파리 남쪽 약간 높은 지대로 1860

년에 파리에 편입된 몽파르나스에 거주하면서 프랑스 여인을 아내로 맞았다. 프랑스 여인은 어디서 배웠는지 된장찌개를 잘 끓였으며 서울 어느 식당에서 파는 것과 비교해도 손색이 없었다. 김창렬의 큰아들은 프랑스에서 공부한 여학생과 결혼했는데, 그녀는 시어머니와 대화할 때면 유창한 프랑스어를 구사했다.

김창렬 부부가 뉴욕에 올 때면 나는 프랑스 술에 후식까지도 프랑스식으로 대접했다. 어느 해인가 나와 재금이는 파리에서 개최된 아트페어 피악FIAC에 갔다가 김창렬의 집에서 김창렬 아내의 솜씨 좋은 음식을 대접받았다. 그녀는 샴페인으로 시작하여 화이트와인과 레드와인, 그리고 대단한 수준의 음식으로 우리를 대접했다. 함께 간 김향안은 그 집을 나오면서 자기가 갔을 때는 찌개와 한국음식이 나왔다며 우리 부부에게 대접한 것에 비하면 약소해 불공평하다고 투덜거렸다.

김창렬이 뉴욕을 떠나던 1972년까지만 해도 물방울이 주요 모티프로 등장하기 전이었다. 그는 두 점의 큰 유화를 우리에게 주었다. 1979년 뉴욕의 스탠풀리 화랑에서 전시회를 열었을 때 한 해 전에 제작한 작품을 우리에게 준 것이다. 그 후 김창렬이 파리로부터 뉴욕에 올 때마다 우리는 자주 만나곤 했다.

한편 김환기는 뉴욕에서의 새 생활을 외롭게 지냈다. 김향안이 뉴욕으로 와서 그와 함께한 건 1964년 봄이었다. 그녀가 와서 그의 생계를 돌보기 시작하고부터 김환기는 활기를 띠고 활동하기 시작했다. 미국에 오자 그녀는 곧 우리 집을 찾았다. 그로부터 우리는 그녀가 타계하기까지 40년 동안 친교하게 되었다. 김환기는 1974년, 김향안은 2004년에 뉴욕에서 세상을 떠났다. 1964년 뉴욕에서 외과의 개업을 시작한 나는 이듬해부터 김환기의 주치의가 되고, 그후 김향안의 유방암 치료도 맡아서 했다. 이런 까닭에 나는 두 사람을 자주 생각하며 이 회고록을 쓰고 있다.

김향안이 뉴욕에 타고 온 비행기 표 값이 외상이었으므로 내가 지불해 주었다. 김환기는 1963년 제7회 상파울로 비엔날레에 출품한 자신이 아끼던 〈달밤의 섬〉을 가지고 와서 우리 아파트 리빙룸에 걸어주었다. 이 작품은 〈여름 달밤〉, 〈운월〉 등과 함께 비엔날레에 전시된 후 회화부문 명예상을 그에게 안겨주었다. 우리 부부는 새로운 미술문화의 혜택을 기뻐하며 감사했다. 〈달밤의 섬〉은 그가 1959년에 그린 것으로 그의 산월풍경 중에서 빼어난 작품이다. 그것은 그의 이상향이다. 전라남도 기좌도(현 안좌도)에서 태어난 그는 고향을 "그저 꿈 같은 섬이

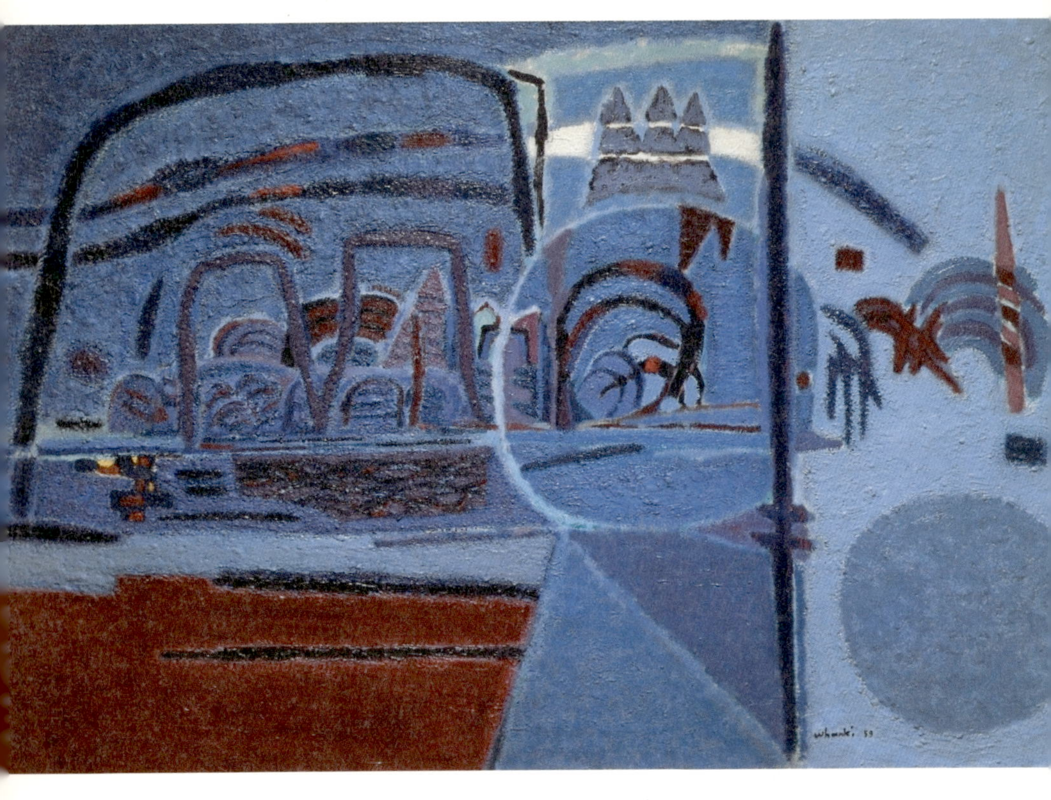

달밤의 섬 • 캔버스에 유채, 94x145cm, 1959 ⓒ 환기미술관

요, 꿈속 같은 내 고향이다"라는 말로 표현했는데, 〈달밤의 섬〉을 꿈속 같은 고향으로 표현했다.

우리와 김환기 사이에 왕래가 더욱 빈번해졌고 우리 집에는 그의 작품 수가 늘었다. 작품이 많아지자 〈달밤의 섬〉을 건 자리에 다른 작품을 걸었다. 그의 작품 〈새벽별〉이 우리 집 벽에 걸리게 되었고, 그 후 40년 이상 지금까지도 그곳에 걸려 있다. 단순히 그가 작품을 팔고 내가 구입하는 것이 아니었다. 그는 자신의 작품을 우리 집에 걸어두고 보는 걸 즐겼다.

개업한 지 얼마 안 되었으므로 나는 경제적으로 넉넉하지 못했지만, 김환기 부부가 집에 오면 으레 생선회와 프랑스산 포도주로 대접했다. 이따금 근처에 사는 조각가 한용진과 화가 문미애, 그리고 화가 김병기金秉驥(1916~)가 합석하여 작은 잔치가 되곤 했다. 김환기 부부가 돌아갈 때는 용돈을 드리기도 했다.

화상이 김환기의 작품을
갖고 사라지다

뉴욕에 온 직후 김향안에게는 남편의 작업실과 부부를 위한 보금자리를 마련하는 것이 급선무였다. 우리는 록펠러 재단 소유의 예술가 아파트가 맨해튼 브로드웨이 73가에 있다는 걸 알게 되었다. 나는 추천서를 가지고 가서 신청했는데, 다행히도 저렴한 비용으로 입주할 수 있다는 허락이 떨어졌다. 입주 기한은 2년이고, 재단에서 건강보험까지 들어주었다. 일층 오른편에 있는 작업실은 컸으며, 작은 침실과 화장실이 있고, 부엌에는 냉장고와 가스레인지가 있었다. 좋은 환경에서 김환기가 작업에 전념할 수 있게 되었다.

　　김환기는 1964년에 뉴욕의 아시아하우스 화랑에서 제15회 개인전을 열었고, 이듬해에 제8회 상파울로 비엔날레 특별전시에 초대되었다. 1966년 봄 타스카 화랑에서 열린 전시회는 김향안이 알게 된 화상에 의해서였다. 그 화상은 김환기가 한국의 유명화가라는 걸 알고 있었다. 김향안이 화상에 관해 전혀 아는 바가 없는 상태에서 전시회를 연 건 모험이었다. 전시회가 열린 날 나는 김환기 부부와 화랑 주인 측을 초대해 고급 중국음식점에서 축하연을 베풀었다. 그날 화랑 측이 초조한 마음을 그대로 드러내자 김환기도 초조함을 감추지 못했다. 전시 기간 중 작품이 별로 팔리지 않자 그 화상은 작품 모두를 갖고 사라져버렸다. FBI와 검찰이 사라져버린 화상을 찾아냈을 때는 모든 작품을 그 화상이 팔아 없앤 후였다. 결국 화상의 본색이 드러나 환멸을 느끼지 않을 수 없었다.

김환기에게 험난한 생활이 계속 이어졌고, 회화에 대한 그의 신념도 점점 사라져갔다. 불안과 의심이 그를 오랫동안 괴롭혔다. 김향안은 요절한 첫 남편, 많은 사람들로부터 조롱당한 자신의 과거를 되돌아보면서 김환기에 대한 믿음을 더욱 굳건히 하고 그를 위해 최선을 다했다. 하루는 돈이 떨어지자 그녀가 30호 그림 한 점을 들고 안면이 있는 한국인을 찾아가 맡기고 얼마 후 다시 가서 그림 값으로 적은 돈을 요구했다. 그들은 작품을 돌려주었다. 김향안은 그날의 불쾌감을 잊지 못했다. 김환기는 노동직을 구했고, 김향안은 백화점의 점원으로 취직한 적도 있었다.

김환기는 오랫동안 치질로 인한 하혈로 심한 고생을 했다. 내과의

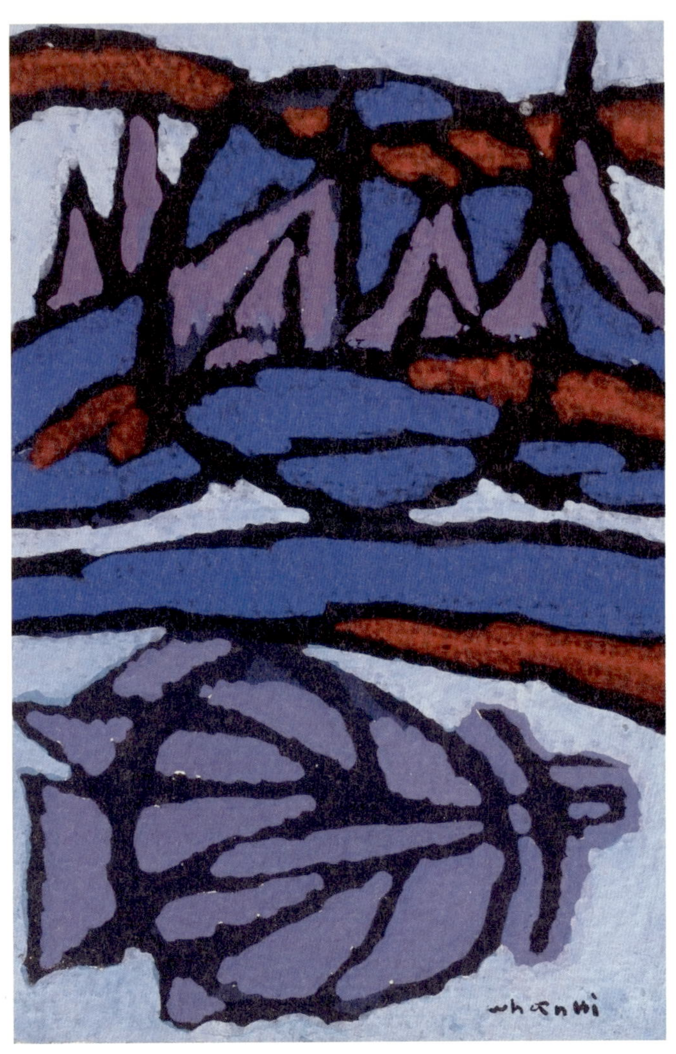

무제 41-64 • 종이에 과슈, 21x13.5cm, 1964 ⓒ 환기미술관

의 검진 후 1965년에 내가 치질수술을 해드렸다. 키가 큰 그가 병원 침대에 누우니 꽉 찼다. 나중에 안 사실이지만 수술 후 많이 고통스러워했으며, 아내에게 엄살을 부렸다고 한다. 주치의인 내게는 늘 미소만 보여서 고통이 없는 줄 알았다. 몇 년 후 어느 술좌석에서 그는 "미국에 와서 성공한 건 똥구멍 고친 것밖에 없다"고 말해 모두가 웃었다. 미국에서의 그의 삶은 가난의 연속이었다. 작품이 염가로도 팔리지 않아 작품을 팔지 않기로 마음먹으니 오히려 기분이 좋아지더라고 김환기가 말했다.

김환기와 김향안 부부는 소중한 친구들을 한국에 두고 왔다. 그들에겐 보배와도 같은 소중한 친구들이 있었다. 파리에 도착하고 얼마 안 되어 김환기는 윤효중尹孝重(1917~1967)에게 편지를 썼다. 경기도 장단 태생의 윤효중은 배재고등보통학교에 재학할 때 조각가 김복진의 가르침을 받았고, 1937년에 일본으로 건너가 동경미술학교 조각과에서 목조각을 전공하고 1941년에 졸업했다. 그는 해방 후 홍익대학에 미술학부를 설립하고 학부장으로 재직하면서 후진 양성과 미술행정에 많은 기여를 했다. 윤효중이 진해 해군기지 입구 중원 교차로에 이순신 장군 동상을 제작할 때 마침 나는 진해 통제부 사령관 비서로 근무하고 있었으므로 그와 가까이 지내게 되었다. 그가 동상을 제작할 때 해군 당국에서 창고를 작업장으로 내주었고, 모터사이클을 사용하게 해주었다. 그는 술을 매우 좋아했으며 김하건과도 친분이 있었다. 1954년 윤효중과 가톨릭 신부 윤형중 사이의 논쟁은 화제였지만, 오늘날엔 웃음거리에 지나지 않는다. 그는 김환기가 미국으로 떠난 후 1965년에 한국미술협회 부이사장에 선출되었고, 이듬해 일본으로 이주하여 활동하다 다음 해 10월 7일 일본에서 세상을 떠났다.

김환기는 시인 서정주와 김광섭과도 깊은 친분을 맺었다. 나는 서정주의 동생 서정태徐廷太(1923~)와 친분이 있었다. 전라북도 고창군에서 태어난 서정태는 1943년 일본동경문화학원日本東京文化學院을 중퇴하고 귀국 후 향리에서 농업에 종사했다. 그는 1946년『민주일보民主日報』,『대동신문大東新聞』등의 기자로 재직하면서『예술부락藝術部落』,『가정신문家庭新聞』등지에 시를 발표했다. 그 후 1949년부터 각 일간신문 및『문예文藝』,『백민白民』,『신천지新天地』등지에 시작을 발표했다. 부산 피난시절 나는 얌전하고 매사에 진지한 태도를 취한 선비형의 서정태와 잘 어울렸다. 그도 김말봉의 집에 자주 왔다. 그는 누님의 소개로 선을 본 여인과 결혼하여 전주에 보금자리를 틀었다. 나는 미국 교육사절단의 통역보좌관으로 1년 근무한 적이 있었는데, 1953년 3월 초 전주에 갔다가 서정태와 연락이 닿아 나의 숙소에서 그를 만났다.

그해 3월 5일 스탈린이 뇌일혈로 사망했다는 소식이 전해졌다. 그
날은 진눈깨비가 내렸으며, 소련의 작곡가로 스탈린으로부터 작곡 발
표금지 명령을 받은 프로코피예프가 세상을 떠난 날이기도 했다. 서정
태는 재금이의 동생 영이와 친했다. 아침에 일어나서 서정태가 누웠던
베개를 만져보면 촉촉이 젖어 있었는데, 그가 흘린 눈물로 짐작되었다.
그의 시「내 임은」은 내성적인 그의 성격을 말해준다.

내 마음 속에 그리던 임은

거울 속에도 아니 계시고

둥근 달 속에도 아니 계시니

풀밭

조용히 흐르는 은하수의 냇가

염소라도 한 마리 기르실까

그가 홀로 부르는 노래

바람결에도 아니 들리고

풀벌레 소리에도 없으니

내 마음 속에 그리던 임은

이 어둠이 걷히고 화안히 트이는 아침

황금 빛살로 내려오실까

　　서정태와 나의 우정은 과거의 것이 되었지만, 추억은 영원하고 그
것으로 족하다. 김환기는 서정주를 좋아하여 작품에 그의 시를 담은 적
도 있다.

어디서 무엇이 되어
다시 만나랴

1969년 어느 날, 김환기가 아내와 함께 포체스터에 있는 나의 집으로
왔다. 자신의 절친한 친구이자 중앙문화협회, 조선문필가협회를 창립하
고, 『자유문학』지를 발간한 시인 김광섭金珖燮(1906~1977)이 세상을 떠

어디서 무엇이 되어 다시 만나랴 • 코튼에 유채, 205x153cm, 1970 ⓒ 환기미술관

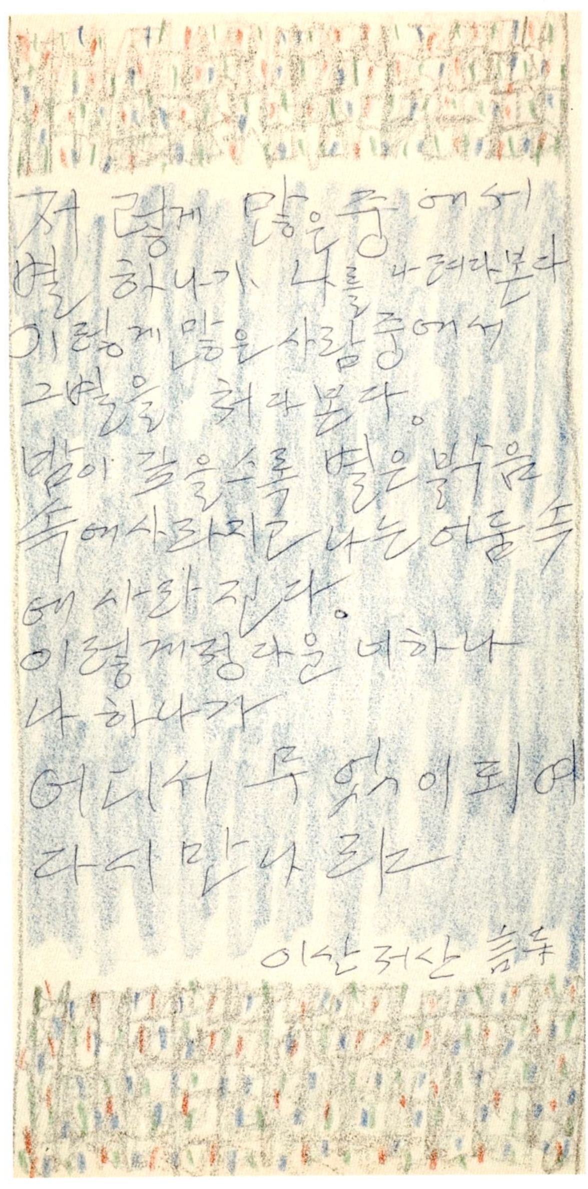

무제 5-1-70 •
종이에 볼펜, 색연필,
30.5x22.9cm, 1970
ⓒ 환기미술관

났다는 소식을 접하고 슬픔을 견딜 수 없어 기분을 전환하기 위해 온 것이다. 나는 프랑스 포도주에 생선회로 그들 부부를 대접했지만, 마음의 어두운 그림자는 쉽사리 사라지지 않았다. 김환기는 술기운이 어느 정도 오르자 부엌 옆 테이블 위에 놓인 종이에 즉흥시를 썼다. 시라기보다는 마음의 상태를 즉흥적으로 기록한 것이다. 그는 뉴욕의 아파트로 돌아가 100호 남짓한 캔버스에 푸른 점을 하나하나 정성들여 찍으면서 고인이 된 시인에 대한 기억을 회화로 표현했다. 그것이 〈어디서 무엇이 되어 다시 만나랴〉이다. 제목을 김광섭의 시 「저녁에」의 마지막 구절에서 따왔다.

저렇게 많은 중에서
별 하나가 나를 내려다본다.
이렇게 많은 사람 중에서
그 별 하나를 쳐다본다.
밤이 깊을수록
별은 밝음 속에 사라지고
나는 어둠 속에 사라진다.

이렇게 정다운

너 하나 나 하나는

어디서 무엇이 되어

다시 만나랴

우스운 사실은 김광섭이 멀쩡히 생존해 있었던 것이다. 그가 세상을 떠났다는 소식은 오보였다.

함경북도 경성 출생의 김광섭은 일본 와세다早稻田대학 영문과를 졸업한 후 귀국하여 모교 중동중학교에서 10여 년 동안 교사로 재직했다. 그는 일제강점기 말 창씨개명을 공공연히 반대하여 3년 8개월 동안 옥고를 치르기도 했다. 그의 네 번째 시집 『성북동 비둘기』는 수준 높은 작품집으로 알려졌다. 그는 대한민국 건국에 이바지한 공로로 1977년에 건국포장을 받았고 그해에 세상을 떠났다.

김환기가 본격적으로 점으로 그림을 그리기 시작한 건 1965년부터였다. 그가 쓴 1965년 1월 2일자 일기엔 종일 그림을 그렸다면서 "점화點畫가 성공할 것 같다. 미술은 하나의 질서다"라고 적혀 있고, 1월 10일자 일기에는 "종일 강설降雪. 종일 제작. 점화를 전부 뭉개고 다시 시작"이라고 적혀 있다. 다음날에는 "간신히 점화 〈겨울의 새벽길〉을 완성. 완성의 쾌감. 예술은 절박한 상태에서 만들어진다"고 적어 놓았다. 1월 13일자 일기엔 점화에 대한 자신감이 적혀 있다.

오늘 간신히 한 점 끝낸 셈. 이름하여 〈성가족星家族〉. 아, 좋은 그림 그릴 자신이 있고 하고 있는 것 같은데 세상은 왜 이리 적막할까.

그는 되도록 두 번 붓질을 하지 않으려고 노력하면서 1월 20일자 일기에 "그림은 첫 번 촉필觸筆로 성공해야 한다. 그것이 가장 순수하고 신선하기 때문이다"라고 적었다.

김환기는 점과 선을 번갈아가며 사용하면서 선보다는 점이 개성적이라고 생각했다. 그는 1968년 초부터 종이에 유채를 사용하여 밝은 색들을 사용하기 시작했다. 그는 하루에 다섯 점을 그리기도 했다. 2월 20일까지 그린 것이 90점에 이르렀다. 그는 7월 2일자 일기에 "작가가 늘 조심할 것은 상식적인 안목에 붙잡히는 것이다. 늘 새로운 눈으로, 처음 뜨는 눈으로 작품을 대할 것이다"라고 적었다. 그해 12월 14일 김창렬이 밤 비행기로 파리를 향해 떠났고, 김환기는 그를 공항까지 가서 배웅

했다.

오보를 접하고 김광섭을 애도하여 그린 〈어디서 무엇이 되어 다시 만나랴〉는 1970년 6월 제1회 한국미술대상전에서 대상을 김환기에게 안겨주었다. 그해 2월 11일 그는 한국일보사로부터 한국미술대상전에 출품할 것을 의뢰받았다. 당시 평론가 옥영식은 이렇게 적었다.

침체된 한국미술의 돌파구를 마련하기 위해 한 신문사가 마련한 공모전에 젊은 작가들과 옛 제자들의 틈에 끼어서 출품한 작품이다. 고국을 떠난 지 7년, 쉰여덟의 나이에 아무런 구애됨이 없이 보내 온 이 한 점의 작품 앞에서 모두 경탄했다. 예전의 문학성 짙은 산 달 구름 새 항아리 등의 형상들이 말끔히 사라지고 그냥 점들의 얼룩일 뿐인 완벽한 추상으로 변모될 줄 아무도 몰랐다. 미련 없이 일체를 벗어버린 그 허심탄회한 마음의 경지에 경의를 보내면서, 70년대를 풍미할 한국회화의 또 다른 '가능성의 바다'를 본 것이다.

김환기는 자신도 모르게 점의 세계가 별나라로 향하고 있으며, 자신의 인생도 그 길로 향하고 있다는 걸 느꼈다. 그는 1970년 1월 27일자 일기에 적었다.

　나는 술을 마셔야 천재가 된다. 내가 그리는 선, 하늘에 더 갔을까. 내가 찍은 점. 저 총총히 빛나는 별만큼이나 했을까. 눈을 감으면 환히 보이는 무지개보다 더 환해지는 우리 강산.

　그가 우리 집에서 술기운이 어느 정도 올랐을 때 부엌 옆 테이블 위에 놓인 종이에 적은 것은 시였다. 나는 그것을 휴지로 생각하고 쓰레기통에 버렸다. 다음날 재금이가 쓰레기통에 있던 종이를 펴보고 시가 적힌 걸 알고는 보관했다가 김환기가 고인이 된 지 몇 년 후 김향안에게 전해주었다.
　종이엔 이렇게 적혀 있었다.

　아니야요, 아니야요.
　이별離別은 공복空腹과 같은 것이 아니야요.
　이별離別은 유초有初부터 없었던 거야요.
　초원草原에 실바람이 흐르는

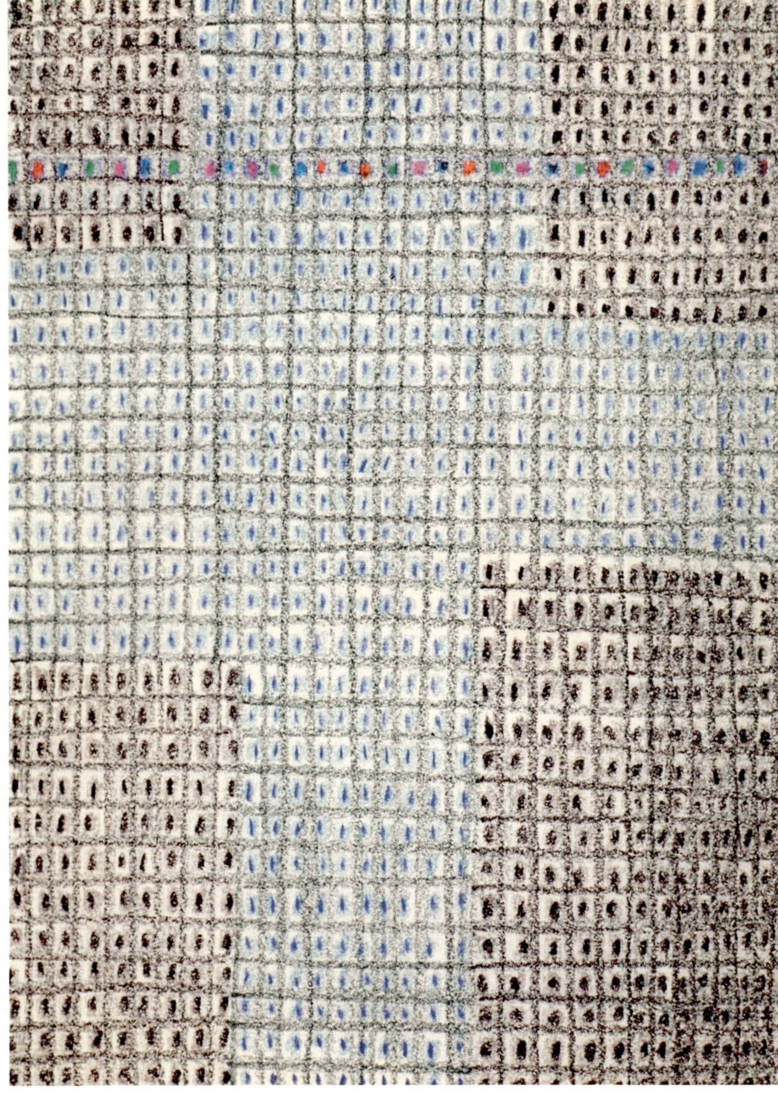

무제 129-Ⅲ-71 • 종이에 색연필, 28x21.6cm, 1971 ⓒ 환기미술관

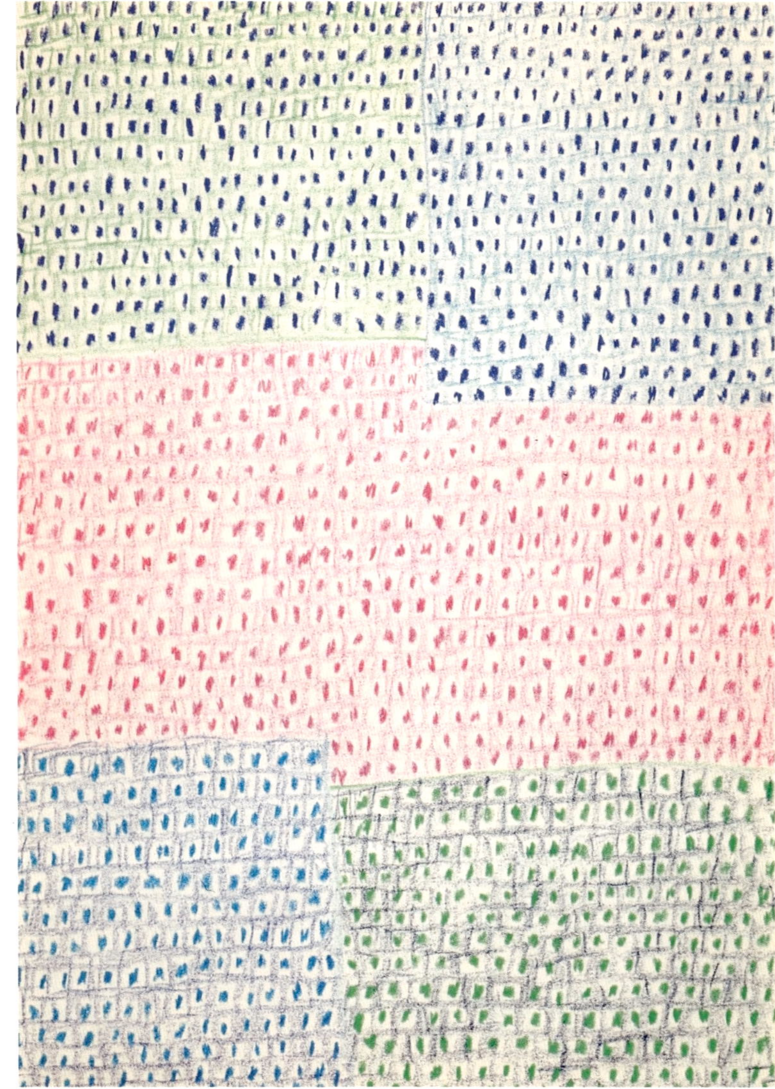

무제 28-I-70 • 종이에 색연필, 30.5x22.9cm, 1970 ⓒ 환기미술관

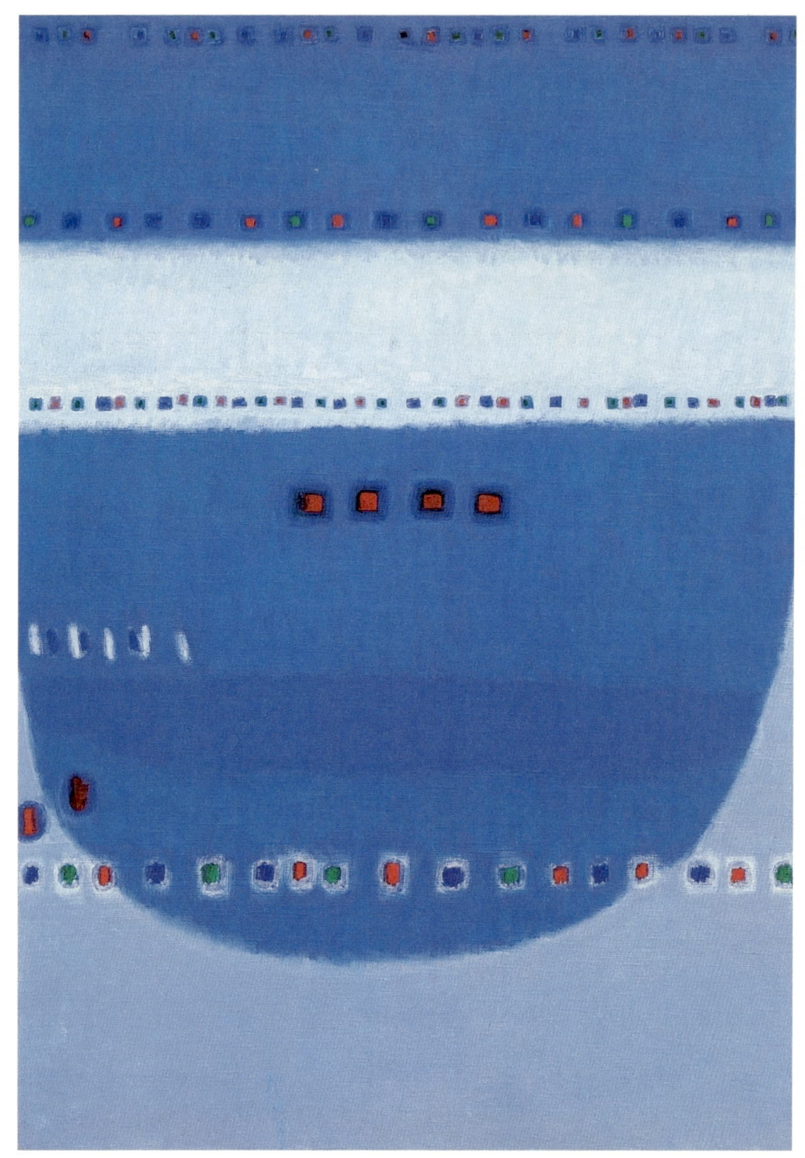

아침의 메아리 04-VIII-65 ● 캔버스에 유채, 177x127cm, 1965 ⓒ 환기미술관

무제 ● 코튼에 유채, 213x153cm, 1971 ⓒ 환기미술관

그 어느 날

산山이란 게

불쑥 솟아났어요.

산山 넘어 그리움

강江 건너 그리움

나도 모르게

이별離別이 그리워졌어요.

너와 나

우리는

늙어가는 게 아니야요.

호된 말씀으로

우리는

죽어가는 거야요.

저 북소리

들리시죠.

내 가슴을 치는

저 북소리

가고 싶어요.

죽기 전에

가고 싶어요.

저 산 넘어

가고 싶어요.

이 글 마지막 글씨는 흐렸다. 장난 삼아 쓴 것일까! 술에 취해서였을까. 그렇지 않으면 견딜 수 없는 느낌 때문이었을까. 그는 그리움, 향수를 우리에게 쉽게 말하지 않았다. 그는 자기 작품에서 그리고 즉흥시에서 향수를 고백한 것이다.

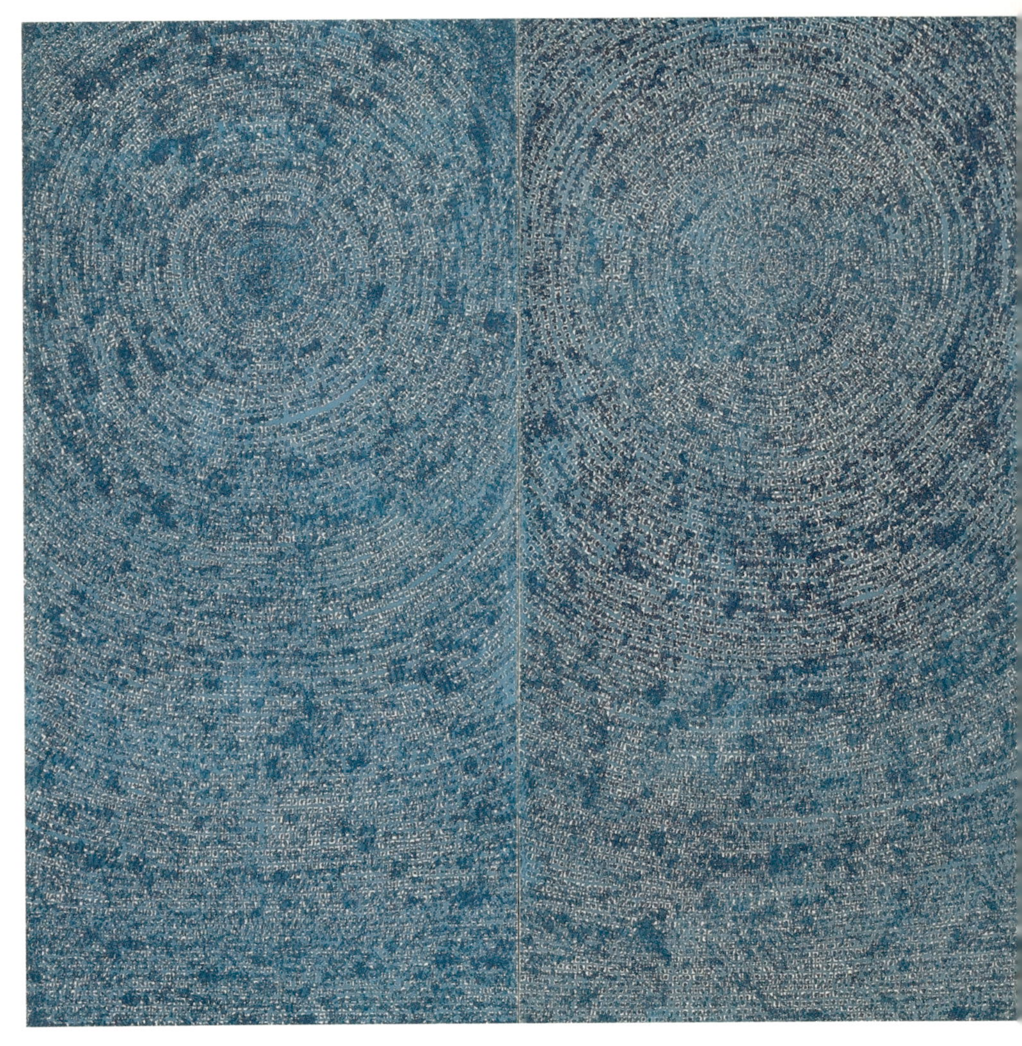

우주 ● 코튼에 유채, 245x245cm, 1971 ⓒ 환기미술관

미술은 철학도 미학도 아니다

1971년은 김환기에게 중요한 해였다. 그의 전시회가 9월 25일 포인덱스터 화랑에서 열렸고, 전시회는 같은 화랑에서 이듬해에도, 1973년에도 이어졌다. 1971년의 전시회는 대작 〈우주〉가 완성되어 선보인 날이었다. 그는 3월 말에 가로 세로가 50인치, 100인치인 캔버스 두 점을 스트렛처를 사용하여 만들었다. 4월 5일에 오른편 패널이 닷새 동안의 작업 끝에 완성되고, 왼편 패널은 4월 11일에 완성되었다. 세로로 두 작품을 나란히 놓으니 가로 세로 100인치의 정사각형이 되었다. 그의 가장 큰 작품이 완성된 것이다. 김병기에 의하면 그 그림을 그리기 전 김환기는 김병기와 함께 미술관에 가서 바넷 뉴먼의 대형 모노크롬회화를 보고 감탄하며 영감을 받았다고 한다. 뉴먼은 한 가지 색면에 가는 줄을 하나 혹은 몇 개 그려 넣었으며, 그것은 집zip 회화로 불리었다. 김환기는 대형 화면에 별을 점으로 채웠다. 김향안은 그 작품을 〈너와 나〉라고 불렀다. 두 분의 생의 표현인 것이다. 하지만 현 환기미술관 관장인 박미정은 이 그림을 '우주'라고 부르기 시작했고 우리도 동참하게

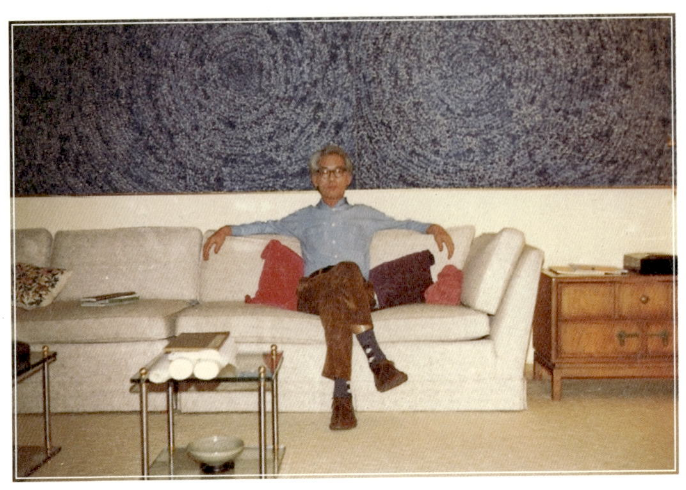

1972년 • 김마태 거실에 걸려 있는 자신의 작품 앞 의자에 앉아 있는 김환기

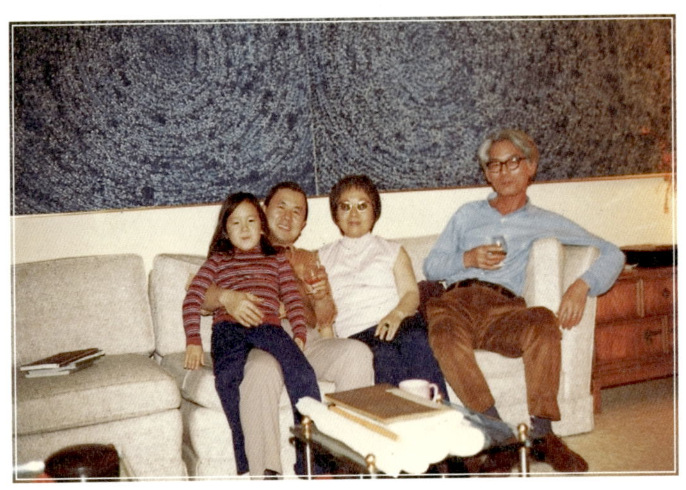

1972년 김마태의 집에서 • 김마태의 작은 딸 올리비아, 김마태, 김향안, 김환기

되었다. 우리는 〈우주〉라는 제목을 붙였다. 오프닝의 축하연에 한용진과 문미애 부부, 지창보, 방혜자가 참석하여 축하했고, 재금이와 나는 그 후 포인덱스터 화랑의 책임자 해럴드 폰드링의 안내로 작품을 감상했다. 『뉴욕 타임스』에 "드물게 손색이 없는 아름다운 선율의 회화"라는 평론가의 글이 실렸다.

우리는 〈우주〉를 집에 걸고 싶은 욕심이 생겼다. 문제는 우리 집 천장이 98인치로 100인치 작품을 걸 수 없다는 데 있었다. 김환기와 김향안은 우리가 원한다면 가져가도 된다고 했다. 몇 달이 지난 후 재금이가 그 작품을 가로로 걸 경우 길이가 50인치이니 두 작품을 옆으로 나란히 걸면 우리 집에 걸 수 있다고 생각하고 김환기 부부가 집에 왔을 때 의견을 말했다. 그는 자신이 그렇게 생각해본 적은 없지만, 그런 식으로 걸어도 재미있을 것 같다면서 가져다 걸라고 했다. 우리는 그 작품을 구입하기로 결정하고 그것을 벽에 걸었다. 한용진과 문미애가 그림의 틀을 만들고 천장에는 특수조명을 장치했다. 작품 값의 일부로 새로 나온 뷰익스테이션 왜곤 자동차를 드렸다. 그는 이제 마음대로 다닐 수 있게 됐다면서 매우 기뻐했다.

김환기 별세 후 1976년부터 이 작품은 남미, 파리, 서울로 옮겨 가

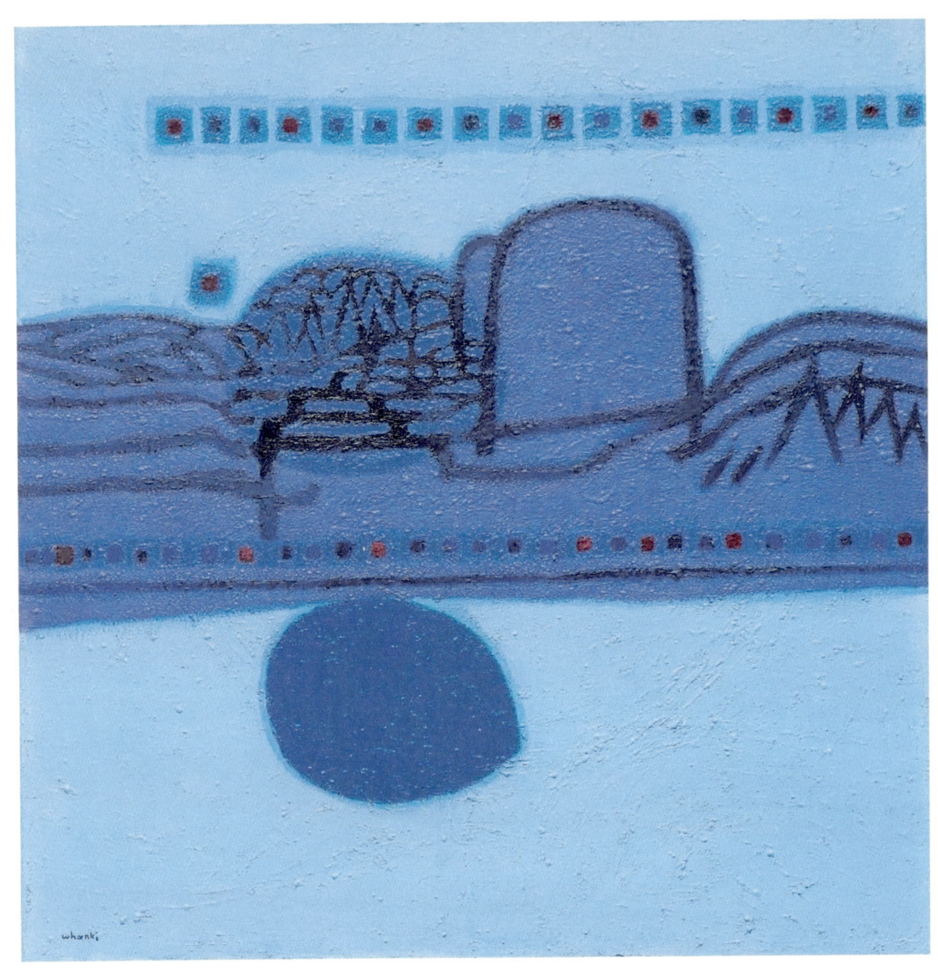

새벽별 • 캔버스에 유채, 143x143cm, 1964 ⓒ 환기미술관

며 전시되었다. 2004년 8월에 장기대여로 이 작품이 서울 환기미술관에 전시되고 현재에 이르렀다. 얼마전에는 서울 현대 화랑에서 박명자 사장 주선으로 환기 회고전이 있은 후 다시 환기미술관에 무사히 되돌아왔다. 우리 집에는 1972년부터 2004년까지 큰방 벽에 걸려 있었다. 집에 찾아온 사람들마다 이 작품을 찬미했다.

기억나는 '에피소드'가 있다. 내가 일하던 병원 내과 과장 '나다니엘 슈워츠'는 음악에도 조예가 깊고 회화에도 능한 박학다식한 유대인이었다. 우리 집에 올 때마다 그는 〈우주〉 앞에 멈춰 서서 그림 감상에 빠졌다. "이런 그림을 그린 예술가는 어떤 사람일까?" 감동한 그의 마음을 나도 알 수 있을 것 같다.

어느 날 저녁 '허버드 에이부론'이란 유대인 부자가 부인 이현자와 함께 저녁식사에 초빙됐다. 그 후 얼마 안 되어서 재금이와 마주쳤는데 그 멋진 큰 그림은 잊혀지지 않는다고 했다. 에이부론과 이현자 집에 가면 많은 현대 조각과 그림들을 볼 수 있다.

〈우주〉는 한국 현대화의 대표적인 작품이므로, 우리집에 개인 소장품으로 걸려 있는 것보다는 한국의 미술관에 전시되어 많은 사람들이 그 작품을 보고 감동을 받을 수 있게 하는 것이 더 타당하다고 생각된다.

우리는 몇 년 동안 걸려 있던 〈달밤의 섬〉을 떼고 그 자리에 〈새벽별〉(1964)과 〈달〉(1962)을 걸었다. 우리 집은 김환기의 전시장과도 같았다. 오늘도 그 작품들 앞에 서면 김환기의 낭만의 세계로 들어가는 느낌을 받는다. 작품에는 영원의 휴식처인 그의 고향이 있다.

세상을 떠나기 한 해 전인 1973년, 김환기의 생활은 경제적으로 여전히 어려웠다. 그는 생일을 평일처럼 지냈다. 3월 23일자 일기엔 이렇게 적혀 있다.

오늘이 음력 2월 19일. 내 60년 생일인가. 어린 시절 섬에서 쑥떡 먹던 일이 생각난다. 따사로운 날씨.

4월 4일자 일기엔 이렇게 적혀 있다.

비가 온다. 벌써 며칠인가 머리가 무겁기만 하다. 몸이 무겁기만 하다. 견디어 살아가겠는데 아무런 생각도 안 난다.

4월 8일 피카소가 타계했다는 소식을 라디오를 통해 듣고 그는 일기에 "세상이 적막해서 살맛이 없어진다. 심심해서 어찌 살꼬. 전무후무한 위대한 인간, 위대한 작가, 명복을 빈다"고 적었다. 그는 이틀 후에 적은 일기에서도 "피카소 옹 떠난 후 이렇게도 적막감이 올까"라고 적어 동 시대의 영웅을 상실한 심정을 다시금 우울하게 표현했다. 피카소에 대한 그와 김향안의 찬양은 거의 종교적이었다. 피카소의 비도덕적 생활을 지적하는 건 김향안에게는 통하지 않았다. 나는 중학교 시절 김하건이 한 말이 떠올랐다.

현재 우리는 피카소가 운전하는 트럭에 실려 가는 눈 먼 존재들이다.

그는 여전히 작업에 전념했으며, 4월 14일에는 베어마운틴에 가서 호숫가를 지나 길이 난 곳을 무작정 올라갔다. 그곳에서 샌드위치와 커피로 요기를 하고 내려와 그 길로 한용진에게로 가서 "술에 밥에 된장찌개 대접받고 돌아와서 생각하니 모자를 놓고 오다"라고 일기에 적었다. 그는 4월 22일에도 베어마운틴 정상에 올랐다.

집에 먹을 것이 다 떨어진 날 김향안은 운전이 서툴렀음에도 불구하고 복잡한 길로 25마일이나 떨어진 우리 집에 왔다. 갑작스러운 방문이라서 마침 가지고 있던 돈 5백 달러를 드렸다. 저녁때가 되어서도 그녀가 귀가하지 않아 걱정이 되었는데, 귀가하는 길에 공사장을 피하다 사고가 나 자동차가 옆으로 넘어갔다고 한다. 마침 한용진에게 연락이 닿아 그가 그녀를 집까지 안전하게 데려다주었다.

김환기는 4월 26일 치과에 가서 윗니 두 개를 뽑고 아래는 틀니로 하기로 했다. 5월 18일에는 하나밖에 없던 윗니마저 뽑았다. 7월 19일에는 두 개 남은 아랫니마저 뽑았다. 8월 8일자 김향안의 일기에는 김환기가 틀니를 끼고는 통 식사를 못해 자신이 고기를 연하게 다져주었다고 적혀 있다. 그는 여전히 작업에 몰두했으며, 10월 8일자 일기에 다음과 같이 적었다.

미술은 철학도 미학도 아니다. 하늘, 바다, 산, 바위처럼 있는 거다. 꽃의 개념이 생기기 전, 꽃이란 이름이 있기 전을 생각해보다. 막연한 추상일 뿐이다.

10월 20일은 그가 뉴욕에 온 지 10년이 되는 날이었다.

죽음을 예감하다

1974년 정초부터 김환기는 미국 남부를 두루 여행했다. 여행을 하게 된 건 미국 서남부에 위치한 작은 주 루이지애나의 문화센터에서 1월 한 달 동안 전시회를 열었기 때문이다. 우연히 알게 된 그곳 출신 여류작가들이 여러 해에 걸쳐 전시회를 요청했다. 미국에서 소득이 가장 적고 문화수준도 얕은 지역이라서 전시회가 성공할 것 같지 않아 미뤄왔는데 뉴욕의 휘트니 뮤지엄만한 규모의 전시실에서 전시를 해달라고 강력하게 요청을 해와 1,400마일이나 되는 먼 곳을 여행도 할 겸 전시회를 연 것이다. 마침 뉴욕에서의 전시회를 끝낸 후라 특별히 준비할 건 없었다.

그렇지만 번거로운 일은 남았는데, 유화를 틀에서 떼어내어 둘둘 말아야 했고 한지에 유채로 그린 작품들을 상자에 담아야 했다. 김환기 부부는 그것들을 차에 싣고 그곳을 향해 떠났다. 그들은 55마일 제한속도의 도로를 75마일로 달리다가 경찰관의 추격을 받고 벌금 15달러를 내기도 했다. 1월 11일자 일기에는 "뉴저지 주에서 길을 잃고 죽을 고생을 하다. 간신히 뉴욕에 돌아오니 그래도 피로가 가시는 것 같았다"고

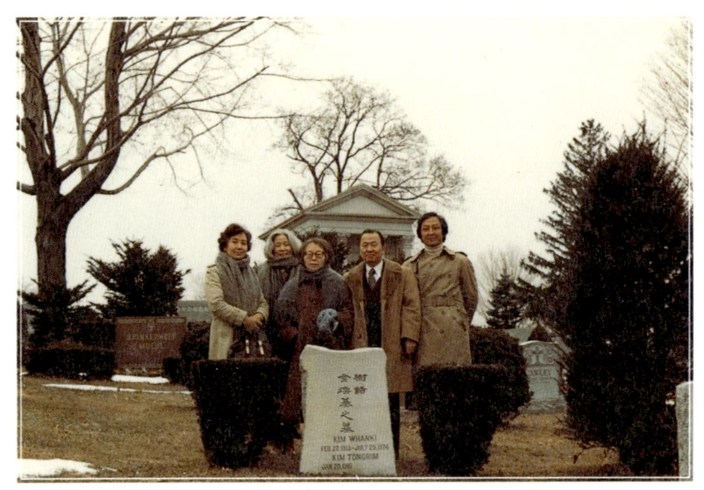

1981년, 김환기 묘지에서 • 왼쪽부터 전재금, 문미애, 김향안, 김마태, 한용진

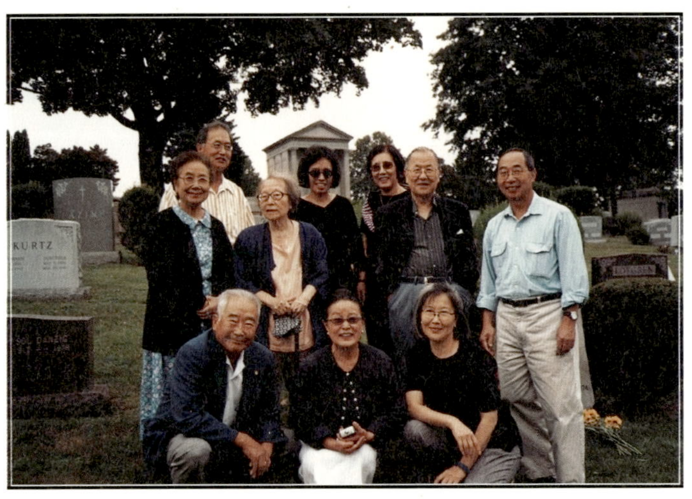

1990년, 김환기 묘지에서 • 아래 왼쪽부터 문병기, 이은숙, 문성자, 위 왼쪽부터
전재금, 조천형, 김향안, 박찬주, 노영희, 김마태, 존 배

적혀 있다.

김환기는 1월 17일 차를 몰고 우체국에 갔다가 센트럴파크에 가서 설경을 보며 종일 멍하니 있었다고 일기에 적었다. 1월 21일자 일기에는 "늙어서 그런가 고단하기만 한데 아직도 아무런 생각이 안 난다"고 적혀 있다. 4월 4일자 일기에는 저녁식사를 마치고 센트럴파크에 간신히 갔는데, 곧 쓰러질 것만 같았다면서 "어찌하여 이렇게 빨리 노쇠하는 것일까. 필시 무슨 까닭이 있는 것 같다"고 했다. 이튿날 그는 "쉬어도 쉬어도 몸이 안 풀린다"고 적었다. 4월 14일에는 자신의 "건강이 걱정이다"라고 적었다. 이틀 후에 공원을 건너 간신히 집에 왔다고 적었고, 다음날도 "공원의 길로 간신히 들어오다. 무슨 까닭일까. 이렇게 걸음을 걸을 수 없으니"라고 적었다. 그는 자신의 건강을 걱정하기 시작했다. 4월 24일에는 내게 와서 치료를 받고 집으로 돌아가 지쳐 일찍 자리에 들었다고 적었다. 6월 2일자 일기에는 "아직도 몸이 괴롭기만 하다"고 적혀 있어 그가 원인을 알 수 없는 병으로 고통받고 있었음을 짐작할 수 있다. 나는 그의 엑스레이를 찍고 진찰을 해보았지만, 병의 원인을 발견할 수 없었다.

나는 긴 목으로 인해 목 뒤 척추에 이상이 생긴 것으로 추정했다.

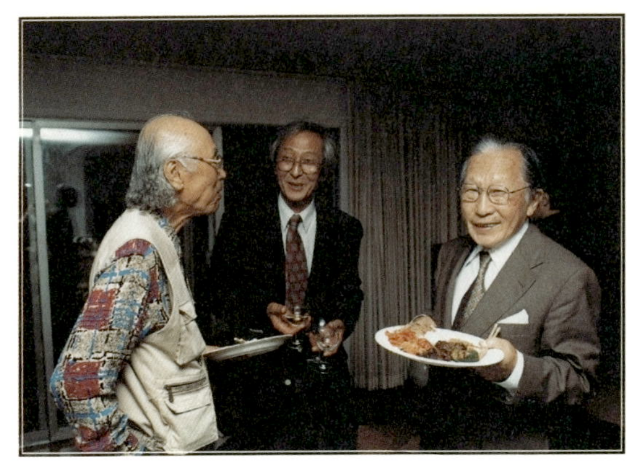

1994년 • 왼쪽부터 전홍,
한용진, 화가 김병기

그는 센트럴파크에서 걷다가 하체가 마비된 것처럼 쓰러질 뻔했다고
말했다. 마침 옆에 벤치가 있어 앉아 쉴 수 있었다. 숨이 매우 가빴다. 앞
을 바라보니 "안개가 자욱한 동양화의 한 장면" 같았다고 했다. 큰 길 브
로드웨이를 건너다 홍수처럼 밀려드는 자동차들 앞에서 주저앉을 뻔했
지만, 요행히도 길을 무사히 건넜다. 4월 4일의 일기를 보면 이런 증세
가 그때부터 시작된 것을 알 수 있다. 작업을 중단하고 쉬었지만 증세가
사라지지 않았다. 걷는 것이 어려워 건강이 급속도로 악화되고 있음을
느꼈다고 했다. 그는 다가오는 여름철을 겁냈다. 강이나 공원으로 가서
육체적, 정신적으로 휴식을 취했지만 건강을 회복하지는 못했다. 6월

10일자 일기에는 이렇게 적혀 있다.

> 허리를 펼 수가 없고 촌보寸步를 옮기기가 힘들다. 천근만근을 걸머진 것만 같다. 언제나 풀릴 건가. 숨이 가쁘다. 이 여름 지낼 것이 겁이 난다.

죽음을 예감하는 글이 6월 16일자 일기에서 발견된다. "죽을 날도 가까워왔는데 무슨 생각을 해야 되나. 꿈은 무한하고 세월은 모자라고." 그는 스스로를 종신수終身囚라고 생각하며 화가로서의 운명을 느끼고 여력이 되는 대로 계속 작품을 제작했다. 한 점이라도 더 남기려는 것이었을까. 6월 27일에는 차를 운전하여 공원으로 가서 기를 쓰고 30분 동안 걷다가 아내가 사온 커피를 나무 아래 의자에 앉아 마셨다.

6월 28일, 나는 그에게 신경과 의사를 소개하면서 진찰을 받고 입원하라고 말해주었다. 나는 김환기의 증세에 관해 명석한 신경과 의사 스탠리 맨델과 상담했다. 그리고 김환기로 하여금 맨델에게 가서 진찰을 받도록 했다. 진찰 결과 디스크가 있는 것이 발견되었다. 수술만 하면 문제가 없을 것으로 나는 판단했다.

김환기는 7월 2일에 아내와 공원에서 처음 테니스를 했는데, 뛸 수가 없었다고 했다. 저녁에는 강가에 갔다가 간신히 돌아왔다고 했다. 그가 유나이티드 병원에 입원한 건 7월 7일이었다. 입원한 다음날 밤 최순우*를 꿈에서 보았다고 했다.

김환기는 7월 9일자 일기에 이런 기록을 남겼다.

오늘 아침 일어나 어제치 일기를 쓴 거로 알았는데 그렇지가 않다. 이렇게 정신이 오락가락하니 야단났다. 점심 후 두 시에 침대차에 끌려가서 2시 반에 X-Ray실에 들어가 늑골 척수에 갖은 고문을 당하다. 과학을 믿을 수밖에. 3:40에 정신없이 병실에 끌려오니 아무 생각도 안 든다. 불란서 담배를 피우고 싶다.

그는 7월 10일과 11일에 내가 다녀갔다고 일기에 적었다. 7월 11일

---

* 본명이 희순熙淳인 최순우는 개성 출생으로 개성 송도 고등보통학교를 나왔다. 개성박물관에 근무하면서 당시 관장이던 고유섭으로부터 감화를 받아 고고미술에 전념했다. 해방 후 주로 국립중앙박물관에서 활동하고 미술과장, 학예수석연구실장, 관장을 역임했다. 저서로 『한국미술사』와 『무량수전 배흘림 기둥에 기대서서』를 남겼다.

자 일기에는 이렇게 적혀 있다.

내일 한 시에 수술, 눈치 보니 어려운 수술인 것 같다. 지금 나는 아무런 겁도 안 난다. 평안한 마음이다.

그는 과학의 힘을 믿었으며, 어려운 수술이지만 성공할 것을 의심하지 않았다. 7월 12일 마지막 일기에 희망의 글을 남겼다.

해가 환히 뜬다. 오늘 한 시에 수술. 내 침대엔 'NOTHING BY MOUTH(금식)'이 붙어있다. 내일이 빨리 오기를 기다린다.

수술 전날 재금이 김향안을 데리고 병실로 갔다. 그의 병실 450호는 큰 유리창을 통해 롱아일랜드의 바다가 보이는 전망 좋은 곳이었다. 김향안은 병실에 4자가 붙어 있다고 불평했다. 재금은 당연히 수술이 성공할 것으로 생각해 퇴원 후 김환기가 사용할 가죽으로 된 열쇠고리를 선물로 준비했다. 그것을 보고 김환기는 매우 기뻐했다. 종이가 없었으므로 그는 열쇠고리가 든 상자 위에 즉흥시를 써서 재금이에게 주었다.

구구삼정鳩鳩森亭에 나오면 하늘도 보고 물소리도 듣고 불란서 붉은 술에 대서양 농어鱸魚에 인생을 쉬어 가는데 어쩌다 사랑이 병이 되어 노래는 못 부르고 목쉰 소리 끝일 줄을 모르는가.

이것은 그의 절필이다. 그리고 그의 마지막 필적이다. 우리는 그의 글을 가보로 여기고 소중히 보관했다가 환기미술관이 설립된 후 영구 대여로 기증했다.

7월 12일, 목 뒤 척추수술은 오후 1시에 시작되어 몇 시간 소요되었다. 오후 5시경 저녁 병실 회진을 마친 후 나는 김환기의 병실로 갔다. 그의 상태가 양호해보였다. 병원에서 나오니 테니스코트 옆 큰 나무 아래 김향안이 홀로 앉아 명상에 잠겨 있었다. 다가가서 보니 수심에 잠긴 모습이었다. 건강보험도 돈도 없었으므로 매우 상심했을 것이다. 우리 부부는 김향안과 함께 저녁식사를 하고 헤어졌다.

다음날 김향안은 오전 7시 15분에 김환기를 면회한 뒤 내게 전화를 걸어 어쩌면 그런 병이 생겨서 그렇게도 아팠을까 눈물이 쏟아지더라고 말했다. 나는 그녀의 마음을 달래주었다. 그녀가 오후 2시에 다시 면회를 하니 덜덜 떨며 소리를 내고 있었다고 했다. 내가 보기엔 상태가 안정 국면에 접어든 것 같았다. 가수 조영남이 식당 호심에서 작은 규모의 콘서트를 한다고 하여 나와 재금이는 그곳에 갔다가 새벽 한 시에 귀가했다. 새벽 4시경 긴급한 소식을 알리는 전화를 받았는데, 김환기가 침대에서 떨어져 의식을 잃었다는 것이다. 급히 달려가 보니 중환자실로 옮겨진 그는 인공호흡기에 의존하여 혼수상태에 빠져 있었다. 김향안에게 연락을 하니 그녀가 노영희와 함께 달려왔다.

그의 의식은 돌아오지 않았다. 그와 가까운 분들이 모여 밤을 새며 의식이 돌아오기를 기다렸지만, 사흘 후 뇌파가 완전히 직선이 되고 말았다. 그가 사망한 것이다. 닥터 멘델과 나, 김향안, 한용진, 문미애, 플로리다 주에서 올라온 김환기의 딸 내외를 포함한 친지들이 의견을 모은 결과 열흘 더 기다리기로 했다. 그래도 의식이 돌아오지 않으면 인공호흡기를 떼기로 한 것이다. 김환기는 내게 큰 근심거리를 덜어주고 세상을 떠났다. 내가 인공호흡을 중단시키기 한 시간 전 그의 심장이 완전히 멈춘 것이다.

김향안의 의견에 따라 한용진, 문미애, 건축가 우규승 등의 노고로 병원에서 20분가량 떨어진 바할라에 있는 켄시코 묘지를 장지로 정했다. 검진을 마친 후 포체스터에 있는 러셀쇼 장의사에서 영결식을 올렸다. 부검 결과 뇌일혈이었다. 영결식에 김향안이 검은 원피스 드레스에 흑색 베일을 하고 왔다. 김병기를 포함하여 미술가 동료 20여 명이 모인 가운데 내가 조사를 읽었다. 여인, 항아리, 새, 고향, 달과 별의 화가를 돌아올 수 없는 별의 나라로 보내드린다는 뜻의 조사였다. 하관식을 하던 날은 하늘에 구름 한 점 없었고, 햇볕이 내리쬐었다. 참석자들 모두 마지막 절로 그에게 경의를 표했고, 관이 땅속으로 내려졌다. 나는 김향안의 팔을 부축하며 몇 걸음 떨어진 곳에서 고인의 명복을 빌었다.

김향안, 김환기 작품
알리는 일에 전력하다

그 후 나와 김향안은 서로에게 힘들고 어색한 1년을 보냈다. 작업실에서 작품 제작에 여념 없던 남편을 생각할 때마다 김향안의 눈물은 통곡으로 변했다. 그녀는 11월 5일 파리로 향했다. 그녀는 피카소 전시회를 보고 빗소리를 들으며 잠자리에 들었는데, 꿈에 남편이 건강을 완전히 회복한 몸으로 큰 공을 굴리더라고 했다. 그것이 남편 사후 두 번째 꾼 꿈이라고 했다.

김환기를 보내고 일주기를 맞아 지인들이 모여 간단한 식사를 했다. 김향안을 위로하려고 성악가 이순희와 내가 현제명의 〈달밤〉을 이중창으로 불렀다. 노래 도중에 슬픔을 참지 못한 김향안이 대성통곡했다. 우리는 어색한 가운데 헤어졌다. 김향안의 청으로 한용진이 비석을 만들기로 했다. 우리는 매년 그의 생일과 타계한 날에 묘지를 찾아 헌화하고 그와의 추억을 끄집어냈다.

그가 타계한 지 2년도 채 안 되어 김향안은 열렬한 종교 신자처럼 남편의 작품을 널리 알리는 일에 적극적으로 행동하기 시작했다. 그녀는 1975년 7월 7일 상파울로 비엔날레 전시장에 가서 남편의 작품이 감독의 비서실에 걸려 있는 걸 보고 감회가 새로웠다고 했다. 그녀는 비엔날레가 이전보다 활기가 없어진 데 대해 실망했다. 그녀는 비엔날레에 50점을 걸 계획이었지만, 김환기에게 배정된 공간은 가로 세로가 10m, 13m 크기의 전시실이었다. 작품을 절반으로 줄이기로 했지만, 회고전을 여는 데 드는 비용을 빚으로 충당해야 했다. 김환기의 회고전은 10월

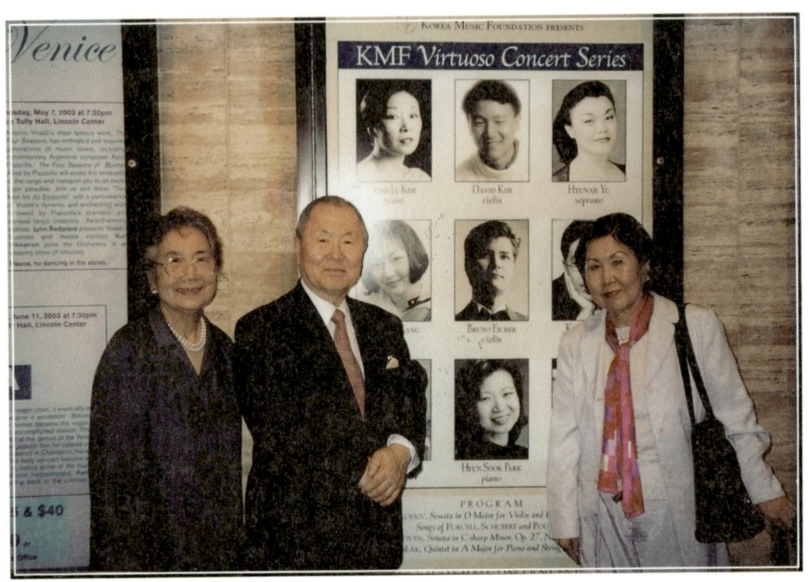

2003년, 앨리스 트레이시 극장 앞에서 ● KMF(Korea Music Foundation) 포스터를 배경으로
KMF의 회장 이순희, KMF의 이사장 김마태, 부인 전재금

14일에 열렸다. 카탈로그는 10월 20일에도 만들어지지 않아 뉴욕으로
돌아갈 계획을 수정해야 했다. 그녀는 1977년 뉴욕에서도 회고전을 여
는 등 남편의 작품을 알리는 일에 열심이었다. 그녀의 마음속엔 남편의
그림자로 가득 채워져 있었다. 1977년 5월 20일 김향안의 일기에서 그
녀의 심정을 훤히 들여다볼 수 있다.

5월이 막 무르익는 시간인데 난데없이 폭풍설暴風雪이 지나가고 묘지의 아름다운 작약의 아까운 꽃잎을 땅에 묻다. 5월의 사랑, 꿈, 아름다운 자연을 같이 나눌 사람은 하나밖에 없었던가! 사람은 혼자 살다 혼자 죽는 것인데 혼자 살지 못하는 모순은? 한 사람이 가고 나니 5월의 이야기를 나눌 사람이 없다. 별들은 많으나 사랑할 수 있는 별은 하나밖에 없다.

김향안은 자신이 뭔가를 더 배워야 한다고 생각하고 배움의 터전이 파리란 생각으로 1977년 11월 3일 파리로 갔다. 그녀는 자신의 생활을 일기의 형식으로 기록하면서 "누구를 위해서 쓰는 것도, 누구에게 읽히기 위해서도 아니다. 나의 생애의 단편들을 기록해보는 것뿐이다"라고 했다. 1978년 10월 18일 제5회 피악이 파리에서 열렸고, 화랑 주최의 김환기 개인전이 그곳에서 열렸다. 피악에 대한 그녀의 생각을 그날의 일기에서 읽을 수 있다.

이 미술 잔치는 일종의 화상들의 미술시장 같은 거지만 오늘이란 황금만능 시대가 만들어낸 장난 중에서는 제일 재미나고 아직도 미술의 전통을 지닌 파리가 행사하는 파리 피악이 으뜸가는 격을 이룬 것도 사실이다.

뮤제 베리에어에서 열린
김환기 '뉴욕 10년' 전시회

김향안은 과거에도 그림을 그린 적이 있었지만, 1980년 1월 20일 자신의 생일에 다시 그림을 그리기 시작했다. 그녀는 자신이 그리다 만 〈아네모네〉를 다시 손질한 후 흡족해했다. 그녀는 그 밖에도 다양한 그림을 그렸다. 우리는 1981년 김환기 7주기를 맞아 다시 만났다. 여행했던 사람들 외에 최월희, 김형식, 강신석, 박삼렬 등이 참석했다.

세월이 흘러서 김환기의 뉴욕 체류 10년을 회고하는 전시회가 파리에 소재한 뮤제 베리에(국립 중앙조형센터)에서 열렸다. (김환기가 1963년 10월에 뉴욕으로 와서 1974년 7월에 타계했으므로 뉴욕에 체류한 기간이 11년

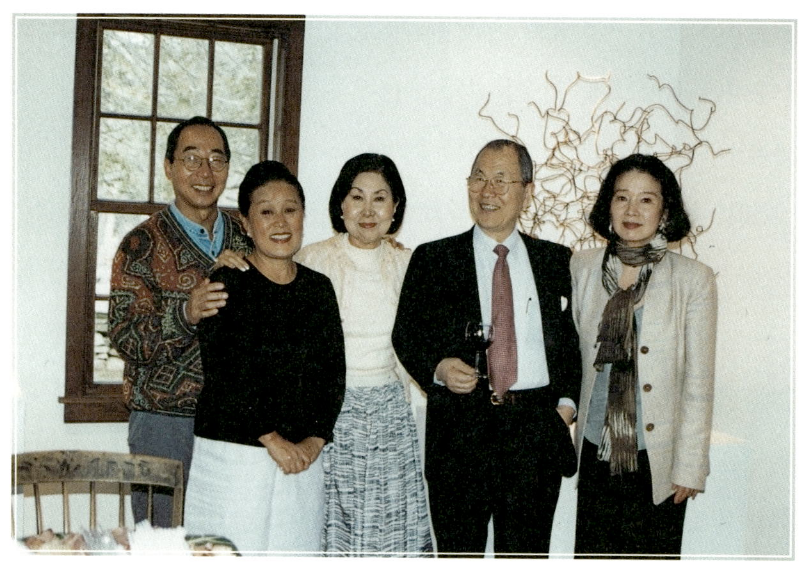

1992년, 존 배 집에서 ● 왼쪽부터 존 배, 이은숙, 이순희, 김마태, 윤정희

이지만, 편의상 전시회 명칭을 '뉴욕 10년'으로 한 것이다.) 뮤제 베리에는 로스차일드의 저택이었는데, 프랑스 미술성이 이 건물을 빌려서 퐁피두센터가 생기기 전까지 현대미술의 요람으로 사용했다. 아르망, 세자르 등의 데뷔 전시회가 이곳 후원 잔디에서 열렸다. 이곳에서 전시회를 열 수 있었던 건 김향안이 남편의 회고전을 미술성에 신청해 허락을 받아냈기 때문이다. 김환기가 파리에서 세 번 개인전을 연 적이 있었고, 니스

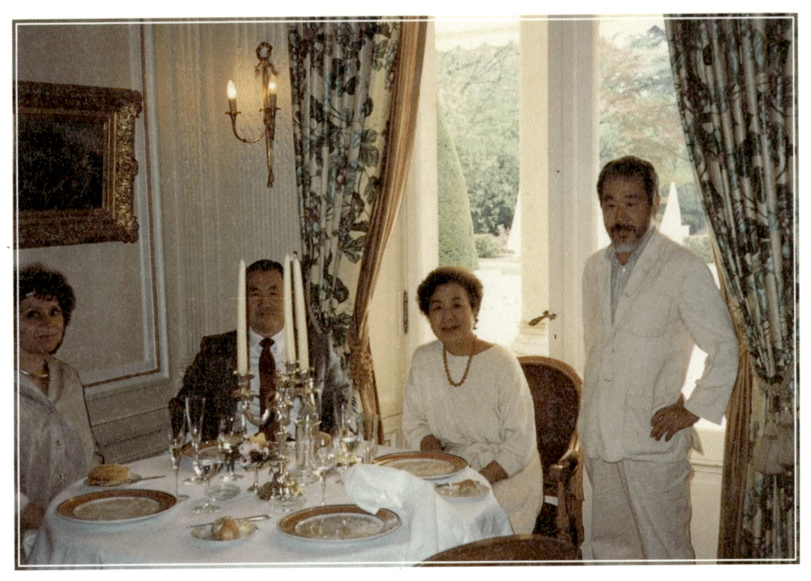

1987년 레스토랑 샤토 보얄 • 왼쪽부터 김창렬의 아내 마르틴느, 김마태, 전재금, 김창렬

와 브뤼셀에서도 개인전을 연 적이 있어 미술성이 허락한 것이다. 전시
회를 포인덱스터 화랑이 주최했다.

파리는 김환기와 김향안에게 매우 특별한 도시였다. 그녀는 1955
년 홀로 파리로 와서 『서울신문』에 「파리 기행」이란 제목으로 수필을
연재했다. 그녀는 김환기가 1956년 4월에 파리로 오기 전까지 소르본
느, 루브르, 알리앙스 프랑세즈, 아카데미 그랑드 쇼미에르 등지에서 공

부했다. 두 사람이 파리의 생활을 접고 서울로 돌아간 건 1959년 4월이었다.

전시회에 우리가 소장하고 있던 〈우주〉도 걸렸다. 전시장에서 오랜만에 피아니스트 백건우와 윤정희 부부를 만났다. 환기재단이 우리 부부와 뉴욕 소호에서 시그마 화랑을 운영하는 안성숙을 위한 숙소도 마련해주었다. 그리고 5월 12일 르 드와이앙Le Doyan 고급식당에서 만찬을 베풀었다. 우리는 만찬에서 프랑스 화단의 저명인사들을 만났다. 우리의 식탁에 서울의 원 화랑을 운영하는 정기용이 함께 착석했다. 또 다른 저녁식사가 김향안의 초대로 이뤄졌는데, 우리 부부 외에도 포인덱스터 화랑의 책임자 해롤드 폰드링, 안성숙, 서울에서 온 현대 화랑의 박명자도 참석했다. 식후에 마신 포도주는 샤토 크레망스였다.

우리 부부는 그해 프랑스 남쪽 칸느로 가서 김향안과 나흘을 함께 지냈다. 그때 서울 환기재단에 대한 논의가 시작되었다.

우리는 파리에서 김창렬을 만났고, 그의 부인 마르틴느의 안내로 지베르니에 갔다. 지베르니는 클로드 모네로 인해 유명해진 마을이다. 모네는 1883년 지베르니에 정착하여 1926년 타계할 때까지 살았으므로 생애 마지막 43년을 보낸 정겨운 마을이다. 정원의 아치형 터널은 모네 생전에 만들어진 것으로 그대로 보존되어 있다. 그 터널을 지나면 모네의 저택이 보이고 그가 사람들을 시켜 땅을 파 만든 넓은 연못이 보인다. 우리는 연못에서 수련들을 보았다. 모네 생전의 모습을 유지하려고 노력한 흔적이 보였는데, 그는 말년에 시력을 잃어가면서도 수련화를 계속 그렸다. 그는 일본인 화상을 통해 수련을 구해 연못에 심었다. 그는 일본화에서 본 구름다리를 자신의 정원에 만들었는데, 우리는 그곳에서 기념으로 사진을 찍었다.

우리가 지베르니에 갈 때 안성숙이 동행했다. 김창렬 부부와 함께 랭스에 가서 대성당에 있는 샤갈의 스테인드글라스 작품을 감상했고, 샤토 보얄에서 샴페인을 곁들인 점심식사를 하며 김환기와의 추억을 공유하는 시간을 가졌다. 김환기는 이제 우리 곁에 없지만 남아 있는 그의 작품들은 우리 마음속에 영원히 남아 우리들의 삶을 빛내줄 것이다.

4.

뉴욕에서 만난
예술가들

뉴욕에 온 김병기

김병기가 뉴욕으로 온 건 1965년이었다. 한국미술가협회 회장을 지낸 그도 두 해 전의 김환기와 마찬가지로 상파울로 비엔날레에 한국 대표로 참석한 후 뉴욕으로 왔다. 그의 대표작 중 하나인 〈가로수〉는 추상화로 여론의 조명을 받은 작품이다. 1992년 김대중 대통령의 초청을 받아 청와대에 갔을 때 넓은 오찬회장으로 들어가다 입구에 걸린 그의 작품을 보았다. 80호 크기의 그 작품이 날 반기는 것만 같았다. 그 작품은 현재 국립현대미술관에 소장되어 있다.

김병기의 부친 김찬영金瓚永(1893~1960)은 평양의 유명한 갑부였다. 그는 지주집안의 둘째 아들로 태어나 열여섯 살의 나이로 일본에 유학했다. 그는 김관호도 재학한 적이 있는 메이지 학원에서 중학교 과정을 마치고, 1911년 봄 동경미술학교 서양화과에 입학해서 1917년에 졸업했다. 고희동, 김관호에 이어 조선인으로는 세 번째로 동경미술학교를 졸업한 한국의 1세대 서양화가들 중 하나가 되었다. 김찬영은 김관호의 1년 후배다. 그는 동경의 조선인 유학생 사회에서 왕성하게 활동하면서 유학생들 모임이 만든 잡지 『학지광學之光』에 삽화와 시를 실었다. 귀국한 후 『폐허』, 『창조』, 『영대』지의 동인으로 삽화를 발표하는 한편 비평문을 쓰며 문필가로도 활약했다. 1925년에 김관호, 김윤보, 김관식 등과 함께 평양에서 삭성회朔星會를 결성하고 삭성회 회화연구소를 통해 후학을 양성하기도 했다. 이 연구소에 전통회화부를 두어 당시 평양 지역의 저명한 서화가였던 김윤보와 김도식으로 하여금 수묵화를 가르치게 했다. 김찬영은 1920년대 후반 평양에서 서울로 이주한 후 우리나라 옛 도자기를 비롯하여 회화와 서예를 수집하여 고미술품 소장가로도 명성을 날렸다.

작년 그가 동경 시절에 그린 유화 〈성모〉가 동경에서 발견되어 화제가 되었다. 그의 손자이자 김병기의 아들인 김청윤이 뉴욕에서 조각가로 활동하고 있어 삼대에 걸친 미술가 집안이 되었다.

김찬영이 1920년대 후반에 젊은 여인과 서울로 가서 새 살림을 차린 바람에 김병기는 아버지를 보지 못한 채 성장했다. 김찬영은 젊은 여인에게 서울에서 가장 큰 것으로 알려진 다이아몬드 반지를 사주었는데, 그녀는 그것으로 인해 강도에게 피살당하는 비운의 여성이 되었다.

김병기는 아버지의 허락을 받고 1933년에 동경으로 가서 가와바

타화학교川端畵學校에서 반 년 동안 석고 데생을 한 후 아방가르드 미술 연구소에서 잠시 공부했다. 그가 그곳에 들어간 건 피카소의 친구로 알려진 후지다 츠구지藤田嗣治가 지도한다고 알려져 있었기 때문이다. 후지다는 동경미술학교 서양화과에서 구로다 세이키黑田淸輝 등으로부터 회화를 배운 후 1913년에 파리로 가서 아메데오 모딜리아니, 샤임 수틴, 피카소 등과 친분을 맺었으며, 유럽 각지와 미국을 돌며 활발하게 활동했다.

김병기가 김환기를 만난 건 아방가르드 미술연구소에서였다. 대학을 졸업한 사람들이 주로 찾던 곳에 그가 대학에 진학하기도 전에 들어간 것이다. 김환기는 일본대학 전문부의 3학년 졸업반 때 그곳에 들어갔다. 사립대학인 일본대학은 1929년에 전문부에 미술 전공을 두었는데, 학부는 4년제였지만 전문부 예술과는 3년제였다. 이 학교 연극과를 졸업한 사람들로 김동원, 이해랑 등이 있다.

김병기는 1935년 문화학원 미술부에 입학했는데, 학생의 수가 십여 명이었다. 그는 몸이 쇠약하여 겨울을 고향에서 보내고 다시 입학하여 한 학년 아래 문학수와 함께 공부하게 되었다. 후에 김병기의 초등학교 동창 이중섭이 이 학교에 입학하자 이들 세 사람은 아주 가까이 지냈다. 김병기가 재학할 때만 해도 이 학교는 인상주의 양식을 가르쳤다. 그래서 그는 학교에 별로 가지 않고 아방가르드 미술연구소에 가곤 했다.

김병기는 1939년에 귀국하고 평양 출신의 국회의장 김동원의 딸을 아내로 맞았다. 그는 고향 평양의 문학예술총동맹에서 활동하면서 문예동인지 『단층斷層』의 표지를 그리고 삽화도 게재했다. 평양에서 이중섭, 윤중식, 문학수, 황염수, 이호련과 함께 6인전을 열기도 했다. 그의 집은 컸고 많은 예술가들이 즐겨 방문했다. 그는 1946년까지 평양에서 지내다 해주로 이주하고 1947년에 월남했다.

김향안은 1965년 10월 7일자 일기에 이렇게 적었다.

저녁때 수련과 모마MoMA에 가다. 병기 씨 만나다. 자코메티와 악수, 모마 관장. 구라파와 아메리카의 좋은 대조. 낡은 조각가의 인상이 강하다. 꼽슬한 센 머리칼이 뻗쳐 오른 데다 짜브레한 눈, 형편없는 더러운 이, 쾡하니 알코올 중독자 같기도 하나 중독자는 아니고, 역시 그가 평생 한 일을 존경해야겠다. 그 이상의 일을 기대하기는 어렵다는 인상. 비가 쏟아지는 속을 버스로 병기 씨와 집에 오다. 수

화가 밥을 해 놨다.

　김병기의 아내가 10년 전 췌장암으로 세상을 떠난 후 그는 큰아들이 있는 로스앤젤레스로 이주했다. 로스앤젤레스에 있는 그의 작업실은 매우 크고, 그의 창작력은 식지 않았다. 아내를 잃은 후에는 진지한 보수주의 크리스천이 되었다. 나는 재금이와 지난 해 10월 로스앤젤레스로 가서 4일 동안 머물면서 김병기로부터 우리나라 근대미술에 관해 많은 이야기를 들었다. 95세의 그는 청력만 떨어졌을 뿐 건강이 양호한 편이었다. 작업실에서 그가 그리고 있던 그림은 옛날에 그렸던 〈가로수〉를 상기시키는 것이었다. 그가 뉴욕 우리 집 근처에 살 때 내 막내딸을 그린 스케치는 지금도 나의 방에 걸려 있다.

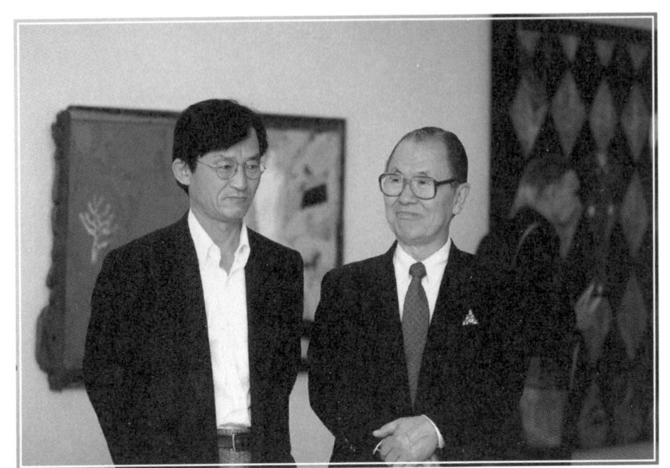

1987년 • 왼쪽부터 임충섭, 김마태

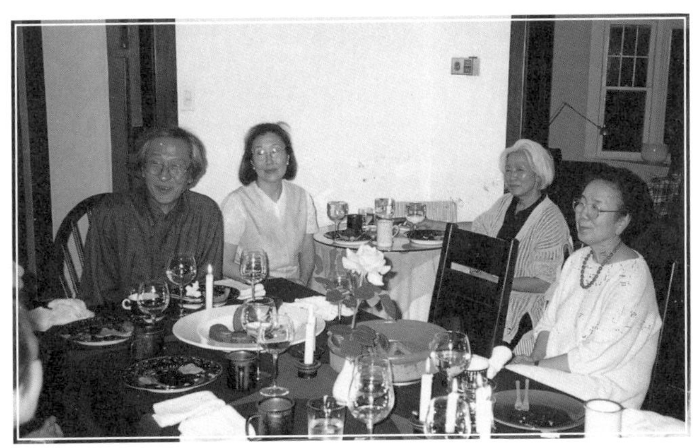

1990년경 • 왼쪽부터 한용진, 문성자, 문미애, 전재금

뉴욕의 미술가 마을

김환기 부부, 한용진과 문미애 부부, 존 배 등이 자주 찾는 우리 집은 '미술가 마을'이 되었다. 김창렬은 파리로 갔으므로 더 이상 미술가 마을 사람이 아니었다.

프랫대학 조각과 과장인 존 배는 우리 집에서 멀지 않은 교외에 산다. 존 배는 농촌계몽에 앞장을 섰던 고명한 목사 배민수의 둘째 아들이다. 미국에 오기 전 경기도 일산의 작은 마을에서 외롭게 성장했다. 그는 어렸을 때부터 미술에 재능을 보였다. 그는 프랫대학을 졸업한 지 얼마 안 되어 그 대학의 교수가 되었다. 어려서부터 미국에서 교육을 받았으므로 나하고는 주로 영어로 대화한다. 우리 부부는 그의 전시회에 빠짐없이 참석했다. 그의 아내 은숙은 평안도 출신의 부유한 가정에서 성장했다. 음식을 만드는 데 뛰어난 재주를 가진 그녀는 10인분에서 시작하여 150인분까지 혼자서도 음식을 장만할 정도로 그 능력이 뛰어났다.

미술가 마을을 방문한 사람들 중에 화가 민병옥閔丙玉 부부가 있다.

1963년에 서울 미대를 수석으로 졸업하고 대통령상을 수상한 그녀는 뉴욕으로 와서 이듬해 프랫대학에 입학하여 석사과정을 마치고 커드번즈와 결혼했다. 추상화를 주로 그린 그녀는 "내성적이고 말 없던 어린 시절에 그림은 나의 친구였고, 자유롭게 상상할 수 있는 놀이터였다"며 "놀이터에선 누구보다 활발하게 마음을 털어놓았다. 추상화를 택한 이유도 변화무쌍한 생각을 자유롭게 표현할 수 있었기 때문"이라고 했다.

김차섭과 김명희 부부도 미술가 마을 사람들이었고, 최일단, 최분자, 문성자 등도 이 마을 사람들이다. 서울로부터 뉴욕을 자주 찾은 화가 김종학과 윤명로, 조각가 박충흠과 민균홍이 이 마을을 방문했다. 성악가 이순희도 미술가 마을을 자주 찾았던 사람이다.

문성자의 어머니 손인실孫寅實(1917~1999)은 정동제일교회 담임목사였던 손정도의 딸이다. 학생 시절 스케이트 선수로도 이름을 날렸던 그녀는 훤칠한 인물에 활달한 성격으로 독실한 기독교 신앙인이었다. 그녀는 1935년 이화여전에 입학하면서 인연을 맺은 여자기독교청년회 연합회(YWCA)에 평생 봉사하고 YWCA 회장(1975~1982), 대한적십자사 부총재(1988~1992)를 역임하면서 여성운동에 헌신하신 분이다. 그분은 화가 김기창의 딸을 며느리로 맞았다. 작년에 문성자는 어머니의 전

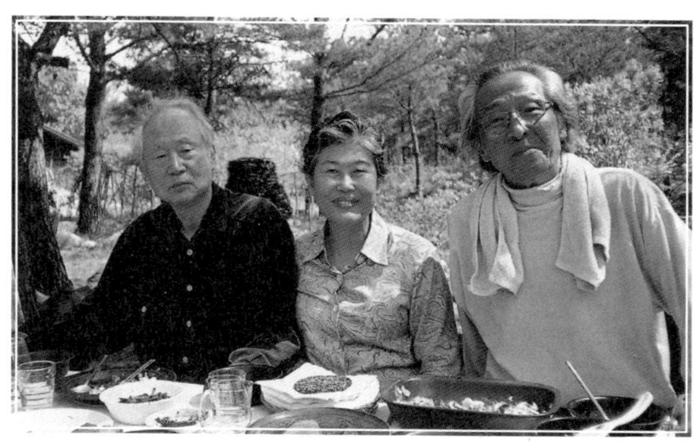

2008년 속초에서 •
왼쪽부터 화가
김종학과 그의 아내
조신애, 한용진

기 『사랑과 겸허의 향기』(2007, 이화여자대학출판부)와 〈손인실, 문성자 모녀전 포스터〉(1962) 등을 김달진미술자료박물관에 기증했다.

독일 함부르크에 거주하는 화가 노은님도 뉴욕에 오면 미술가 마을에 들렀으며, 코네티컷 주의 뉴헤븐 바닷가 가까이에 살고 있는 닥터 박원창과 노찬주 부부, 화상 안성숙과 그녀의 남편 안병설도 미술가 마을 사람들이다. 나는 김환기 부부와 함께 박원창 부부의 집에 자주 놀러 갔다. 안성숙 부부는 소호에서 화랑 시그마를 오래 운영했다. 백남준의 작업실이 그녀의 화랑에서 가까워 백남준이 종종 시그마 화랑에 오곤 했다. 백남준의 전시회가 그곳에서 열리기도 했다.

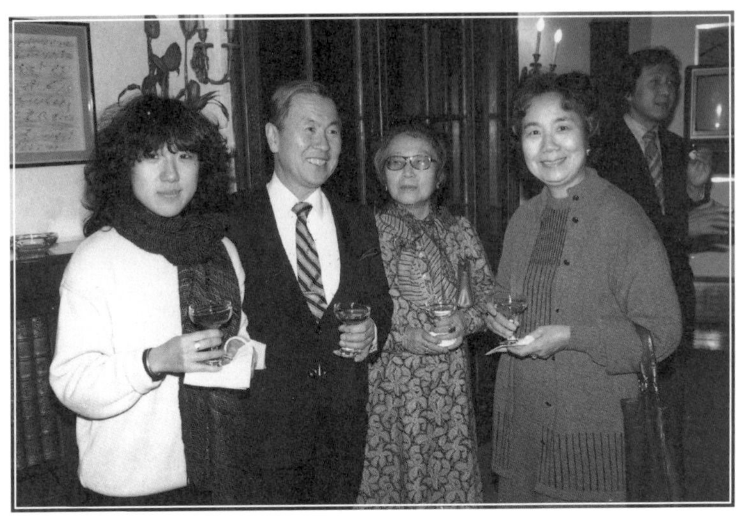

1990년경, 뉴욕 프랑스 문화관의 백남준 전시회에서 • 왼쪽부터 수잔, 김마태, 김향안, 전재금, 한용진

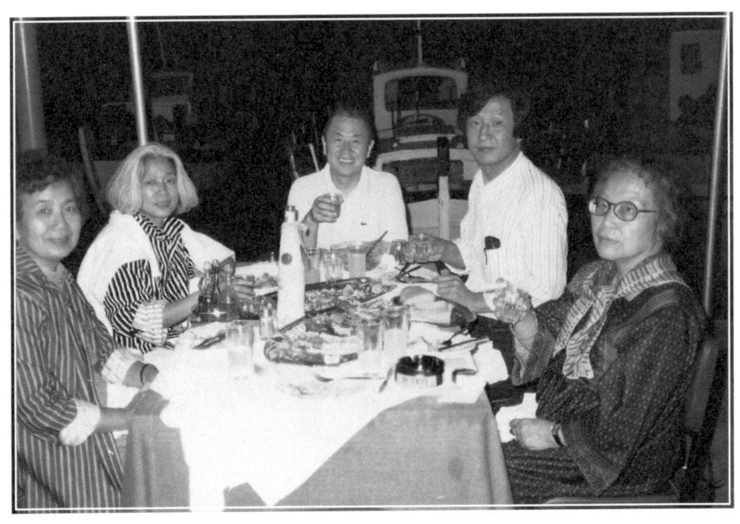

1983년 그리스 필레우스 항구에서 • 왼쪽부터 전재금, 문미애, 김마태, 한용진, 김향안

경기도 고양 태생의 방혜자_{方惠子}(1937~)는 문미애, 김종학, 한용진, 윤명로 등과 같은 시기에 서울대학 미대를 다녔다. 그녀는 뉴욕에 자주 왔고, 우리 집에 여러 번 다녀갔다. 하루는 그녀로부터 파리에서 열리는 자기 전시회에 오라는 초대장이 왔다. 마침 우리는 김향안과 함께 파리에 가려던 참이었다. 그래서 그녀의 전시 개막에 참석할 수 있었다. 방혜자가 놀란 모습으로 어떻게 뉴욕에서 왔느냐고 묻기에 농담 삼아 "그래서 초대장을 함부로 보내는 것이 아니라오"라고 말했다.

미국에서 활동하는 건축가 우규승_{禹圭昇}과 피아니스트 김정자 부부도 미술가 마을 사람인데, 우규승은 부암동에 있는 환기미술관을 설계했다. 환기미술관은 1992년에 개관했다. 우규승은 1998년에 보스턴 건축가협회 우수 건축상을 수상했고, 2000년에는 미국건축가협회 뉴잉글랜드 지역 건축디자인 명예상을 수상했다. 한국에선 환기미술관 외에도 서울 올림픽 선수촌, 기자촌을 설계했다. 그는 MIT건축대학원에서 초빙교수로 강의하기도 했다.

뉴욕 소호에 작업실을 갖고 있는 추상화가 임충섭_{林忠燮}(1941~)도 가끔씩 만난 예술가이다. 충청북도 진천 태생의 그는 진지하고 꾸준히 노력하는 화가로 늘 자기 작품 속에 파묻혀 있었다.

한때 남편과 함께 뉴욕에 거주하며 활동하던 김원숙金元淑(1953~)은 부산에서 태어났고, 1971년 홍익대학 서양화과에 입학하여 재학하던 중 1972년 미국으로 건너가 일리노이대학에서 학사, 동 대학원에서 석사 학위를 받았다. 그녀는 1978년 '미국의 여성작가'에 선정되었으며 1995년 한국인으로서는 처음으로 세계유엔후원자연맹WFUNA에 의해 '올해의 후원 미술인'으로 선정되었다. 김원숙은 두 번째 결혼 후 일리노이 주로 이주했다. 김원숙의 서울에서의 개인전에 우리 부부가 참석했고, 그녀와 우정을 나눴다.

작고한 전 서울대학 미대 학장 하동철과 파리에서 활동하던 정상화, 신수희도 뉴욕에 오면 우리 집에 들렀다. 파리에서 공부를 마치고 귀국 길에 뉴욕에 경유한 박충흠朴忠欽(1946~) 부부도 우리 부부와 우정을 나눈 분들이다. 서울대학 미술대 조소과를 졸업한 뒤 동 대학원 조소과를 졸업하고 프랑스 파리 국립고등미술학교에서 수학한 박충흠은 서울 과천에 작업실을 마련했고 그의 아내는 카페 봄을 운영하고 있다. 우리는 서울에 가게 되면 박충흠 부부를 꼭 만난다.

황호섭黃虎燮은 우리가 김향안과 함께 파리에 갔을 때 우리를 안내하여 반 고흐가 생애 마지막 무렵에 잠시 거주하다 스스로 목숨을 끊은 오베르로 데려가 주었다. 그곳에서 우리는 폴 세잔과 카미유 피사로의 삶의 흔적도 둘러보았다. 그때 알게 된 조각가 민균홍 부부는 그 후 친구가 되었고 그들과 함께한 즐거운 시간들이 기억에 새롭다. 민균홍은 현재 대전 인근에 살고 있다. 우리 집에는 민균홍의 조각과 황호섭의 캔버스 작품이 있다.

그 밖에도 미술가 마을을 찾는 사람들이 많이 있는데, 브루클린대학 영문학과 교수 최월희崔月姬는 『황진이와 조선시대 기생들의 시조』를 영역해 출간했다. 뉴욕의 안무가 딘 모스가 최월희의 책에서 영감을 받아 '기생 비컴즈 유'라는 한미합작 공연을 제작하여 『뉴욕타임즈』 등에서 호평을 받았다.

김환기 부부가 자주 놀러간 곳은 롱아일랜드에 있는 지창보池昶輔 교수의 저택이었다. 지창보는 롱아일랜드대학에서 동양미술사를 가르쳤다. 김향안은 롱아일랜드에 가면 바다가 너무 좋아 뉴욕으로 돌아가기가 싫어진다고 했다. 김환기 부부는 선창가에서 푸른 빛깔의 물고기 한 마리를 사서 회와 찌개로 먹으면서 바다를 바라보는 즐거움을 누렸다. 김향안은 바다에 오면 일망무제一望無際, 즉 복잡한 생각이 씻겨진다고 했다.

김환기 부부는 백남준과 화가 김보현(미국명 포 김Po Kim, 1917~)도 종종 만났다. 일본에서 회화를 배운 김보현은 27살 때 전남 광주에 소재한 조선대학 미대 교수가 되었다. 그가 뉴욕으로 온 건 1955년이었다. 김보현의 두 번째 아내 실비아 월드는 유대인이며, 두 사람 사이에는 자녀가 없다. 실비아는 일찍이 1939년에 뉴욕의 국제판화전에서 대상을 받고 뉴욕 화단에 이름을 알렸다. 그녀의 작품은 메트로폴리탄, 필라델피아, 브루클린, 모마, 휘트니, 구겐하임 뮤지엄 등에 소장되어 있다. 그녀는 실크스크린 판화로 유명했지만, 그 밖에도 회화, 조각, 아상블라주 등 다양한 작품을 제작했다. 김보현은 조선대학 미술관에 작품 307점을, 실비아는 78점을 기증했다. 조선대학 미술관은 '김보현 실비아 월드 전시실'을 마련하고 있다. 2011년 4월에 실비아는 세상을 떠났고, 김보현의 나이는 94세다.

미술가 마을에서 김환기의 심부름을 가장 많이 하고 그를 적극적으로 도와준 사람은 조각가 한용진과 문미애 부부였다. 김환기가 홍익대학 미대 학장으로 재직할 때 국제학생미술대회 최고상이 한용진에게 주어졌고, 그 상을 시상한 사람이 김환기였다. 그때 김환기가 한용진에게 "자네는 나하고 같구만"이라고 말했는데, 키가 같다는 뜻이었다. 한용진은 경기 고등학교를 졸업하고 서울대학 미대에 진학했으며 문미애도 같은 대학 미대 출신이다. 문미애는 대학 졸업 후 서울예고에서 교사로 재직했다.

문미애는 고등학교에 재학할 때 국전에 입선할 정도로 재능을 일찍 드러냈다. 두 사람은 결혼하여 덴마크에서 초빙 예술가로 2년을 지냈다. 그곳 음식이 입에 맞지 않아 그걸 견디기 위해 담배를 피우기 시작한 것이 뉴욕에 왔을 때는 줄담배를 피우게 되었다. 나중에 안 사실이지만 재금이가 부산 경남여중에서 영어를 가르칠 때 문미애가 상급반 학생이었다고 한다. 그녀는 재금이를 늘 선생님이라고 불렀다.

한용진과 문미애 부부는 멋을 아는 예술가들이었다. (문미애는 회화에 헌신하려고 아이를 낳지 않았다고 했다.) 그녀는 자신의 회화세계에 대해 자신만만했으며, 평론을 쓸 수 있을 정도로 안목이 높았다. 드로잉에 힘 있는 선이 나타났고, 채색에서 비상한 재치를 보였다. 단점은 생활환경의 탓이겠지만 끈기가 부족한 것이다. 그녀와는 반대로 한용진은 어떤 어려운 환경에서도 자신이 원하는 작품을 끈질기게 제작해냈다. 김환기와 김향안은 뉴욕시 북쪽에 소재한 조용한 마을 답스페리에 있는 한용진의 집을 찾아가 밤새도록 미술에 관한 이야기를 하곤 했다. 문미애는 술은 스카치로 안주는 한국 음식을 준비했다. 모두들 경제적으로 어려운 시절이었지만, 서로가 서로에게 용기를 북돋아주던 행복한 시기였다.

화가 신수희는 문미애와 친한 예술가였다. 우리하고 알게 된 것은 비교적 최근 일이다. 남편은 지난 몇 년간 국립현대미술관장을 지냈고 그 언니는 잘 알려진 피아니스트다. 그의 작품은 우리 집에 없는데, 우리의 친교가 내가 은퇴한 다음 늦게 시작된 까닭이다.

1952년 내가 서울 의대를 부산에서 졸업한 때는 학우들이 전쟁 때문에 흩어져서 서로 교제 없이 지낸 시절이었다. 하농 김순욱金淳郁 동창도 그런 사정에 속한 학우였다. 오랜 세월이 지난 후 나는 김순욱 내외를 뉴욕에서 만나게 되었다. 그는 신경외과의였으나 의사로서보다 오히려 현대 붓글씨 예술가로 인정받고 있었다. 10년 전 뉴욕에서 캘리포니아로 이사 가기 전 김순욱은 우리 부부를 초대하고 저녁 식사를 같이하였다. 지난 세월 여러 번 전화와 이메일을 보냈는데 답이 없어 또 이사한 것으로 짐작하고 있었는데 마침 서울에서 육인회 동기회 소식에 김순욱의 새 주소와 전화번호가 나와 있어 전화를 해보았다. 부인 말로는 '적혈구 저하'로 김순욱의 건강이 아주 나쁘다는 소식이었다. 집에 소장된 순욱의 작품 중 몇 점을 걸어놓고 매일 감상하며 짧은 지난날의 기억을 다시 더듬어본다.

중국, 일본 그리고 남한에서 여러 번 김순욱의 전시회에 갔었고 뉴저지, 뉴욕에서 큰 전시회가 있을 때 참석한 기억이 새롭다. 순욱이는 전통적인 동양에서 현대적 해석과 구조를 짜낸 훌륭한 예술가로 인정받고 있다. 건강이 회복되면 또 다시 만날 수 있었으면 하는 심정이다.

이일은 뉴욕에 있는 저명한 화가인데 나이 들어 알게 되고 몇 번 작품을 보러 전시장을 방문했다. 우리 컬렉션에 들어오기에는 당시 우리 사정이 어려웠다. 볼펜 선으로만 이루어진 그림은 독특하고 신비로울 정도로 아름다웠다.

하동철은 30년 전 뉴욕에서 일할 때 재금이와 연락이 되어 작품 석 점을 얻을 수 있었다. 5년 전 아직 젊은 나이에 작고하리라고는 생각도 못했다.

신성희도 서로 집에 오가며 오래 교제한 화가였는데 간질환으로 그만 몇 년 전에 작고했다. 5년 전 서울 현대 화랑에서 전람회가 있었는데 그중 한 점은 꼭 가지고 싶었으나 때를 놓쳤다.

김향안, 한용진, 문미애
부부와 함께한 이탈리아 여행

김향안은 뉴욕과 파리를 오가며 남편의 작품을 전시하는 일에 전념했다. 그러한 과정에서 김환기 작품 수집가로서 나도 모르는 사이에 우리 부부와 김향안의 친교도 더욱 깊어졌다. 그녀와 재금이는 서로 존경하며 아끼는 사이가 되었다.

1979년 이른 봄, 우리 부부는 오랜만에 김향안, 한용진과 문미애 부부와 함께 맨해튼의 세컨드 애비뉴 18가에 있는 중국식당에서 저녁 식사를 했다. 그날 김향안이 그해 10월 17일에 열릴 파리의 피악에 뉴욕의 포인덱스터 화랑 주최의 김환기 전시회가 열리니 함께 가자고 제의했다. 우리는 그 자리에서 파리에 가기로 합의했다.

우리는 피악을 관람한 후 밀라노와 피렌체에 가기로 하고 내 여행사를 통해 일정을 만들었다. 재금이가 나보다 한 주 먼저 파리로 갔고 그곳 반돔 호텔에서 나와 합류했다. 한용진과 문미애 부부는 파리에 있는 김향안의 아파트에 투숙했다. 파리에서의 일정은 짧았지만 김창렬 부부, 정성배 교수, 브라질에서 온 유명한 미술평론가 버코윗, 포인덱스터 화랑의 책임자 해럴드 폰드링 등을 만났다.

하루는 호텔 객실에서 나와 로비로 향하는데 테이블 위 신문 1면 기사가 눈에 들어왔다. 기사 제목이 '박정희 대통령 의식 불능'이었다. 당시 한국의 상황은 참담했다. 권력에 눈이 먼 박정희는 종신 대통령제에 대한 개헌을 힘으로 밀어붙였고, 이에 반대하는 국민의 저항이 곳곳에서 일어난 가운데 부산과 마산에서의 학생 데모는 힘으로 누르기엔 역부족이었다. 박정희의 경호실장 차지철은 매우 위험한 인물로 탱크를 동원해 데모대를 밀어버리면 소요사태가 종료될 수 있다는 망언을 공공연히 하고 있었다. 이런 와중에 10월 26일 궁정동에서 이들의 자축 만찬회가 벌어졌고, 독재자를 무력으로 제거하기로 결심한 중앙정보부장 김재규가 그날 권총으로 박정희와 차지철 등을 사살했다. 경상북도 구미 출생의 김재규는 건설부장관을 지낸 바 있다. 그는 육군고등군법회의에서 내란목적살인 및 내란미수죄로 사형선고를 받고 이듬해 5월 24일 교수형을 받았다. 한국에서의 인권 문제에 관심이 많았던 나는 신문을 보고 놀라면서도 내심 올 것이 왔구나 하는 생각이 들었다.

김창렬의 주선으로 큰 세단을 빌린 우리 부부, 한용진 부부와 김향

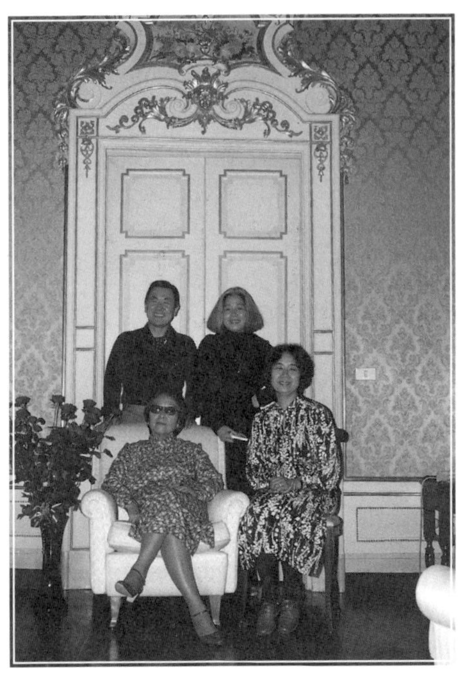

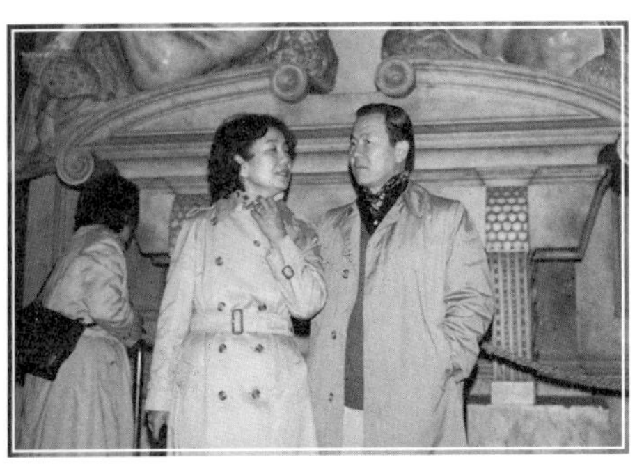

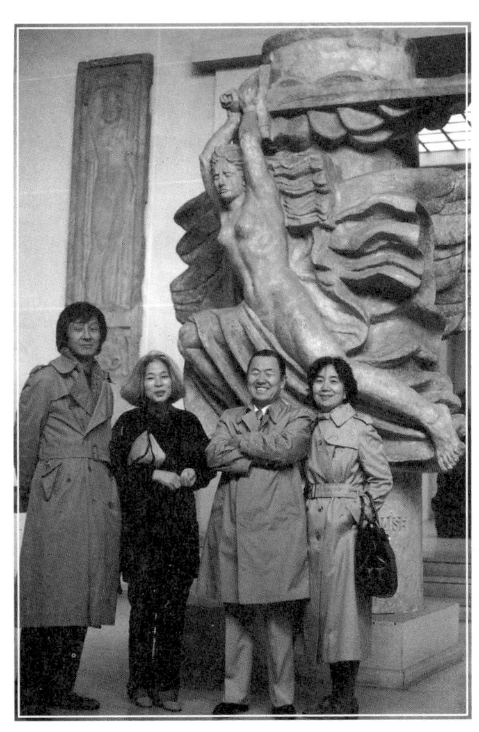

1979년 11월 1일, 피렌체에서 • 윗사진은
왼쪽부터 김마태, 문미애, 김향안, 전재금
아래 사진은 왼쪽부터 전재금, 김마태

1980년, 부르델 미술관에서 • 왼쪽부터
한용진, 문미애, 김마태, 전재금

안은 남쪽으로 여행을 떠났다. 모처럼 시간의 구애를 받지 않게 된 일행은 프랑스의 레드와인과 남부 프랑스의 요리를 즐겼고, 스카치를 마신 후 만취했다. 우리는 그르노불을 지나 계곡으로 들어서 높은 몽블랑 산을 올려다보았다. 흰 눈이 정상에 쌓인 몽블랑 산은 프랑스와 이탈리아 국경에 있으며, 화강암질의 몽블랑 산군山群에 속한다. 몽블랑은 프랑스어이고 이탈리아어로는 '몬테 비앙코Monte Bianco'라고 하며 '흰 산'이란 뜻이다. 프랑스 쪽은 비교적 완만하지만 이탈리아 쪽은 비탈면이 매우 가파르다. 한용진이 운전하고 내가 앞좌석에 앉아 길을 안내했다.

우리는 토리노 근교에서 남쪽을 향해 달리다 마침내 밀라노에 닿았다. 호텔에 짐을 풀고 라스칼라 뒤에 있는 콘소라레 식당에 가서 이탈리아 음식을 실컷 먹었다. 다음날이 11월 1일 '만성절All Saints(또는 All Hallows)'이었다. 우리는 성당에 간 뒤 브레라 아트센터와 미술관 몇 군데를 둘러보았다. 김향안이 레오나르도 다 빈치의 〈최후의 만찬〉을 보러가자고 하여 산타마리아 델레 그라치에 성당으로 향했다. 〈최후의 만찬〉은 레오나르도가 1495년과 1497년 사이에 그린 벽화다. 이 주제를 레오나르도 이전에 여러 화가들이 그린 적이 있었지만, 레오나르도는 전혀 새로운 형태로 그려 사람들의 주목을 받는 작품이 되었다. 과거 화가들이 유다의 배반에 초점을 맞춘 데 반해 레오나르도는 열두 제자를 세 명씩 한 무리가 되도록 함으로써 화면의 조형에 더 역점을 두었다. 화면의 구성은 치밀한 기하학으로 이뤄져 있다. 유네스코는 1980년에 이 작품과 산타마리아 델레 그라치에 성당을 세계문화유산으로 지정했다.

다음날 우리는 근대 유럽 문화를 태동시킨 르네상스의 고장 피렌체로 향했다. 피렌체에서 우리 일행이 묵은 호텔 빌라 코라는 귀족이 살던 저택을 개조한 것으로 작은 궁전이었다. 이층에 방을 셋 얻어 사용했다. 우리 부부가 사용할 방에 들어서니 내 여행사에서 보내온 열두 송이의 붉은 장미꽃이 화병에 꽂혀 있었다. 김향안, 한용진과 문미애 부부가 식사하러 가기 한 시간 전 우리 방으로 와서 칵테일을 즐겼다. 그날의 저녁식사는 호텔 내에 있는 마키아벨리 식당에서 해결했다. 호텔에서 남쪽으로 조금 가면 피티 팔레스가 있다.

한용진과 문미애 부부에 배정된 방은 남쪽 모퉁이로 화장실이 크고, 목욕탕이 방 하나 크기였다. 김향안 혼자 사용하게 된 방은 작고 샤워시설만 갖춘 것이다. 김향안은 목욕을 할 수 없게 되자 당장 방을 바꿔달라고 했다. 별관에 방이 하나 있지만, 그것을 줄 수 없다는 호텔

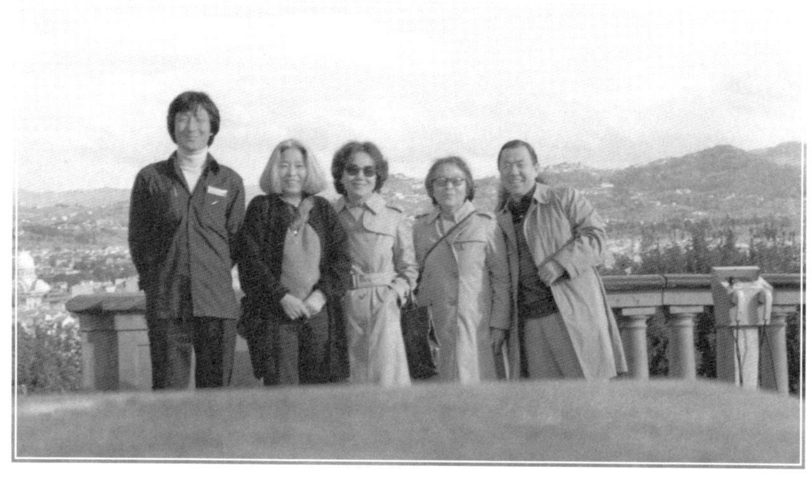

1979년 미켈란젤로 광장에서 • 왼쪽부터 한용진, 문미애, 전재금, 김향안, 김마태

측의 말에 김향안이 몹시 화를 냈다. 우리는 그녀를 설득할 수밖에 없었다.

우리는 피티 팔레스에 가서 라파엘로, 티치아노, 안드레아 델 사르토 등의 작품을 감상했다. 피렌체의 성당과 수도원에 그림을 많이 그린 델 사르토는 초상화에 뛰어났다. 피에로 디 코시모의 제자로 레오나르도 다 빈치, 프라 바르톨로메오, 미켈란젤로 등의 작품에서 영향을 받은 그는 프랑수아 1세의 초청을 받아 1518~1519년에 프랑스를 방문한 것과 로마와 베네치아를 단기간 여행한 것 외에는 고향 피렌체를 떠나지 않았다.

우리는 '꽃의 성모 마리아'란 뜻의 산타마리아 델 피오레 성당으로 갔다. 그곳은 르네상스 본고장에 어울리는 대성당으로 피렌체 시 중앙에 위치하고 있다. 1296년 아르놀포 디 캄비오의 설계로 착공되었지만, 공사 중에 그가 타계하자 조토에 이어 안드레아 피사노가 공사를 인계받아, 조토가 계획했던 정면 오른쪽의 대종탑을 거의 완성했다. 피사노의 뒤를 이어 프란체스코 탈렌티가 1357년 이후 건물 규모의 확장을 추진하여 1421년경에는 폭 42m의 삼랑식三廊式 회당부會堂部와 지름이 거의 같은 크기의 8각 평면의 내진內陣, 그리고 세 방향으로 내물린 제실祭室을 완성했다. 한편 원형 돔의 공사는 내진 전체를 덮는 구상이었던 만큼 기술적인 어려움이 있어 착공이 늦어졌다. 현상설계의 응모작품 가운데서 뽑힌 필리포 브루넬레스키의 설계를 바탕으로 그의 감독하에 1420년에 작업이 개시되어 8각 첨두형尖頭形의 독특한 2중 구조 위에 원형 돔을 올려 1434년에 완성했다.

우리는 산타 마리아 델 가르미네 성당에 가기 위해 아르노 강 쪽으로 향했다. 1422년에 헌당한 성당의 현존하는 건물 대부분은 18세기 화재 이후 재건한 것이며, 화재를 면한 건 부랑카치 가家의 예배당이다. 우리는 그 예배당에서 마사초의 벽화를 감상할 수 있었다. 회화에 대한 열정이 지나쳐 자신의 외모를 돌보지 않았던 마사초는 '지저분한 톰Tom'으로 불렸다. 그의 인물화의 특징은 인체를 고딕 양식으로 그리면서 실재에 가깝게 정확하게 묘사한 것이다. 서양 최초의 미술사로 평가받는 『미술가 열전』을 쓴 조르조 바사리는 "마사초는 회화 속의 인물들로 하여금 두 발로 서 있게 만들었다"고 적었다. 산타 마리아 델 가르미네 성당에는 그가 1427년에 그린 벽화 〈종교세〉가 있다. 화면 중앙에 예수가 오른팔을 든 채 제자들에게 말하는 제스처를 취하는 가운데 화면 왼편에는 예수의 지시를 받은 베드로가 물고기를 잡아 그 물고기의 입에서 세금으로 낼 동전을 꺼내고 있다. 화면 오른편은 제자들 가운데 하나가 종교세를 세리에게 건네는 장면이다. 이 작품에서 르네상스의 혁신이라고 말할 수 있는 원근법이 발견된다. 그는 회화에 원근법을 적용한 최초의 화가로 칭송받고 있다. 회화에서는 마사초가, 건축에서는 브루넬레스키가, 조각에서는 도나텔로가 르네상스 양식의 창시자들이다.

피렌체에서의 닷새는 꿈같이 달콤했다. 르네상스 시대에 살고 있는 착각을 일으킬 정도였다. 우리는 많은 건축물과 작품들을 감상했다.

저녁식사는 포도주에 이탈리아 요리로 즐거웠다. 우리는 피렌체의 남쪽에 있는 도시 시에나로 갔다. 시에나의 르네상스는 14세기에 전성기를 이루었으며, 회화의 경우 14세기 전반에 시에나 화파가 성립되었다. 시에나에는 이탈리아 고딕양식의 대표적인 건물 시에나 대성당, 중세풍의 경마가 해마다 열리는 캄포 광장, 만자탑이 있는 시청사 등이 있으며, 그 밖에도 13세기에 창건한 대학, 음악 아카데미 등이 있다.

우리는 파리로 돌아가는 길에 피사로 갔다. 11세기 말 제노바와 베네치아와 대립할 정도로 강력한 해상공화국으로서 번영했던 피사는 13세기에 제노바에 패했다. 그렇지만 문예의 중심지로서 번창했으며, 갈릴레오 갈릴레이도 이곳 대학에서 공부했다. 세계문화유산에 등재된 피사 대성당 부속 사탑은 갈릴레이의 이름과 더불어 유명하다.

우리가 저녁에 도착한 곳은 프랑스의 생폴드방스였다. 그곳 산 중턱에 위치한 호텔은 옛날 호화스러웠던 수도원이었다. 김향안은 방 두 개가 딸린 곳을, 우리는 방 세 개가 딸린 곳을 숙소로 정했다. 한용진, 문미애는 지중해를 내려다볼 수 있는 본관 3층의 넓은 방을 차지했다. 방마다 꽃다발이 놓여 있었고, 김향안의 불평은 없었다. 그 호텔에 유명한 식당이 있었다. 저녁식사 전 우리는 라운지에서 칵테일을 마시면서 식

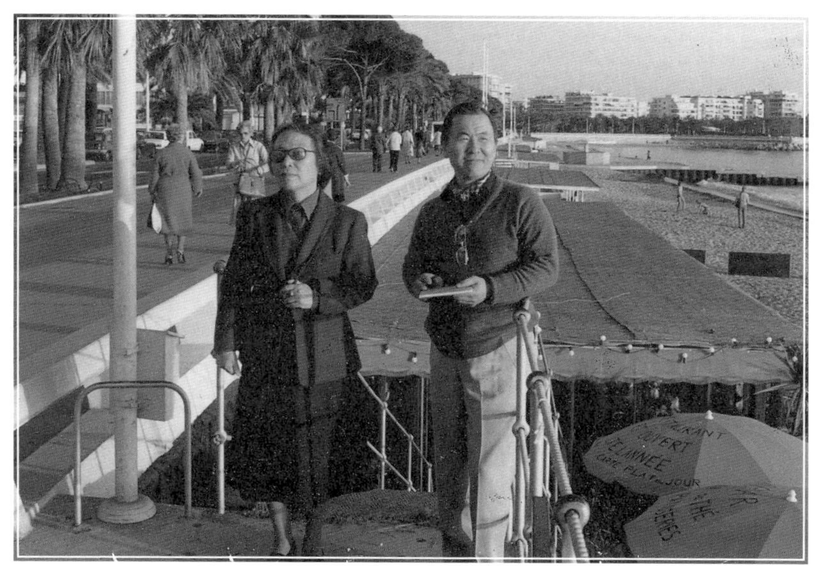

1979년, 프랑스 칸느에서 • 왼쪽부터 김향안, 김마태

사 메뉴와 포도주를 정하고 생선요리를 주문했다. 어둠이 가시자 달빛이 밝게 비추기 시작했다. 쌀쌀한 밤공기에 우리는 낭만을 느낄 수 있었다. 한용진, 문미애가 이런 분위기에서 아름다운 애정과 예술이 생길 수밖에 없다고 말했다.

우리는 칸느를 경유해 앙티브로 갔다. 기원전 4세기에 그리스의 식민지였던 그곳에서 당시의 유적과 중세의 성채를 볼 수 있다. 앙티브에는 앙티브 고고학 박물관, 페네 박물관 외에 피카소 미술관이 주요 전시관으로 유명하다. 그리말디 성이 피카소 미술관이 된 것이다. 이외에도 75년 이상 작품을 제작한 피카소를 기리는 미술관이 유럽 여러 곳에 있다. 그가 조국인 스페인 외에 파리에서 주로 활약했으므로 파리의 피카소 미술관에는 소장품이 아주 많다. 베를린과 스위스의 루체른에도 피카소 미술관이 있다. 피카소가 프랑스 남부의 작은 어촌 마을 앙티브와 인연을 처음 맺은 건 1939년이었고, 1946년에 이곳으로 다시 돌아왔다. 당시 그리말디 미술관 관장이 그에게 그리말디 성의 맨 윗부분에 있는 빛이 잘 드는 넓은 방을 아틀리에로 사용할 수 있도록 무료로 내주어 피카소는 코발트빛 바다가 내려다보이는 그곳에서 작업할 수 있었다. 그는 이곳에서 제작한 작품들을 그리말디 미술관에 기증했다. 얼마 후 그리말디 미술관 관장이 피카소에게 그리말디 미술관을 피카소 미술관으로 부를 것을 제안했고, 1966년부터 공식적으로 그렇게 부르게 되었다. 이 미술관에는 20세기의 대가들인 미로, 에른스트, 그리고 프랑스 예술가들로는 피카비아, 클랭, 아르망, 세자르 등의 작품들이 소장되어 있다.

앙티브에서 즐거운 시간을 가진 후 우리는 여행의 출발지인 파리로 향했다. 고속도로를 한 시간가량 달리니 오른편에 나무가 없는 가운데 특이한 형태의 돌산이 보였다. 그것이 폴 세잔이 16년 동안 그린 프로방스 지역의 생트빅투아르 산이다. 세잔의 작품을 통해 사람들에게 매우 익숙해진 산이다. 세잔은 1890년과 1906년 사이에 이 산을 모티프로 18점 이상의 작품을 그렸다. 그는 1901년부터 프로방스 지방의 로브 아틀리에에 안주하여 계절과 빛에 의해 끊임없이 변화하는 산의 모습에 빠져들었다.

우리는 성벽으로 둘러싸인 작은 마을 아비뇽으로 갔다. 피카소가 이곳 홍등가에서 호객행위를 하던 여인들을 〈아비뇽의 아가씨들〉이란 제목으로 그린 그림은 20세기를 대표하는 걸작이 되었다. 현재 뉴욕의 모마에 소장되어 있는 이 작품이 걸작으로 꼽히는 이유는 입체주의의 첫 회화이기 때문이다. 조르주 브라크가 입체주의 양식을 먼저 세잔의 회화에서 발견해 실험했더라도 비슷한 시기에 피카소가 입체주의의 원형이 되는 이 그림을 그린 것이다. 아프리카인들이 사용하던 가면을 박물관 전시실에서 본 피카소는 아비뇽의 창녀들 얼굴을 가면처럼 각이 지게 표현함으로써 다양한 시점에서 바라본 모습을 하나의 형상으로 만들 수 있는 새로운 양식을 창조해냈다.

아비뇽에서 점심식사를 한 후 저녁에야 파리로 향했다. 파리에 도착해서는 파리의 유일한 한국인 식당 죽원으로 가서 모처럼 찌개와 갈비로 흡족한 식사를 했다. 이 여행이 김향안에게 많은 위로와 기쁨을 선사해주었을 것으로 생각된다.

한용진의 이상 문학비 제작

1988년 올림픽을 성공리에 마치려는 한국인 모두의 염원과 준비가 진행되자 뉴욕 예술가들의 행보도 빨라졌다. 한용진은 올림픽 선수촌에 큰 돌조각을 세우는 작업을 의뢰받았고, 문미애는 서울에서 개인전을 열기로 했다. 이들 부부는 담배를 즐겼다. 한용진은 배짱으로 술을 마셨지만, 문미애는 스카치 몇 잔에는 끄덕도 안했다. 전시회가 다가오자 시간의 압박을 받은 문미애는 진한 커피를 마시고 담배를 연신 피우면서 의사인 내가 보기엔 투신자살하듯 작업에 몰두했다. 작업에 전념하느라

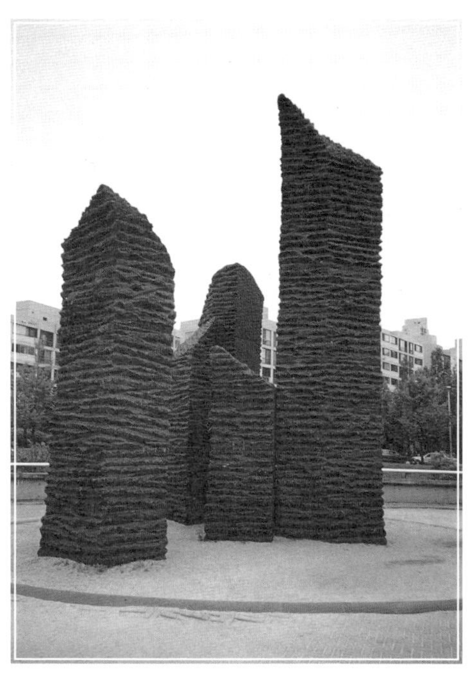

1988년, 올림픽 선수촌에 있는 한용진의 조각

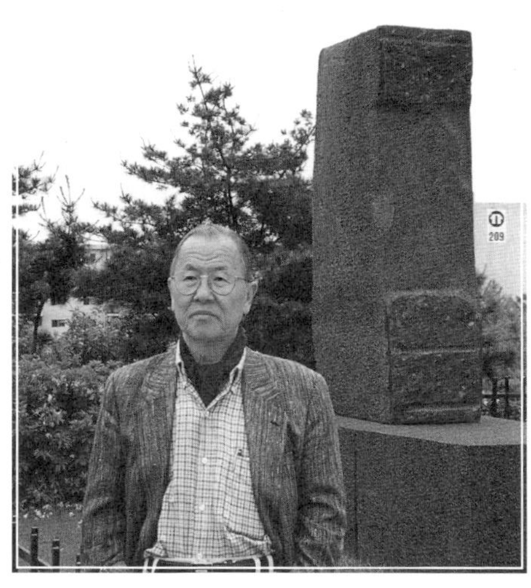

1998년, 서울 보성고등학교에 세워진 이상 문학비 앞에서 김마태

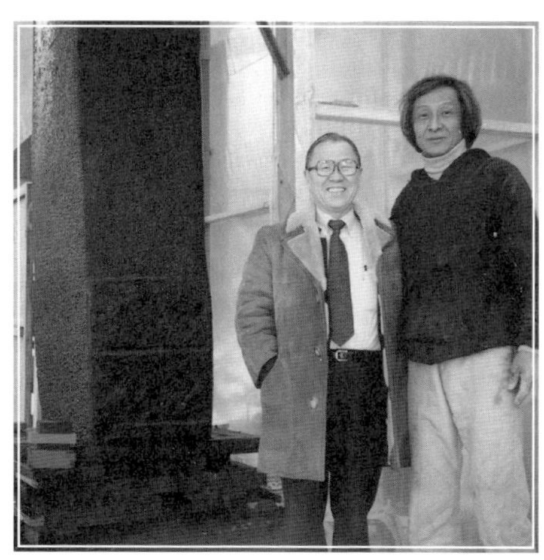

1990년, 서울 보성고등학교에 세워진 이상 문학비 옆에서 • 왼쪽부터 김마태, 한용진

신경이 예민해질 때는 남편에 대한 사랑과 존경도 점점 희박해졌다. 다행히도 한용진이 서울에서 작업하기 위해 몇 달 동안 집을 비웠고, 문미애는 홀로 집에 남아 작업을 마무리했다. 건축가 우규승의 청탁으로 올림픽 선수촌 건물의 색에 대한 선택을 문미애가 했다.

한용진이 서울에서 한 여성과 사랑에 빠졌다. 무쇠처럼 강인한 문미애의 마음이 단번에 유리처럼 산산이 조각나고 말았다. 한용진이 1987년 크리스마스 때에 집으로 돌아왔다. 우리 부부는 한용진과 문미애 부부를 고급 프랑스 식당으로 데리고 가서 두 사람을 화해시키려고 노력했지만, 이미 돌아선 한용진의 마음을 돌이킬 수 없었다. 얼마 후 한용진은 서울로 가버렸다.

1988년 이른 봄 문미애가 서울로 가서 한용진을 만나려 했지만 그가 만나주지 않았다. 문미애의 친구 김대실이 서울로 가서 두 사람의 화해를 시도했다. 김대실의 노력으로 일단 한용진과 문미애가 뉴욕의 답스페리 집으로 돌아왔다. 그렇지만 어색한 화해였다. 한용진은 자기 집에 폭풍의 피해가 발생했다며 문미애와 함께 우리 집에 와서 두 달 동안 묵었다. 두 사람은 각기 다른 방을 사용했지만 결별하지는 않았는데, 1989년 7월 25일 김환기 15주기 때는 나란히 김향안과 함께 묘지를 찾았다.

　1989년 늦겨울 한용진은 김향안으로부터 이상 문학비를 제작할 것을 의뢰받았다. 그는 이곳에서 작업장인 비닐로 만든 온실에서 추운 겨울을 보내며 문학비를 완성했다. 1990년 늦은 봄 서울 보성고등학교 교내에서 이상 문학비 제막식이 있었다. 우리 부부는 김향안과 한용진, 문미애 부부를 벳드포드에 있는 이탈리아 식당으로 초대하여 노고를 위로하고 건배를 들었다. 이상의 문학비는 김향안에 의해서 설립된 것이다.

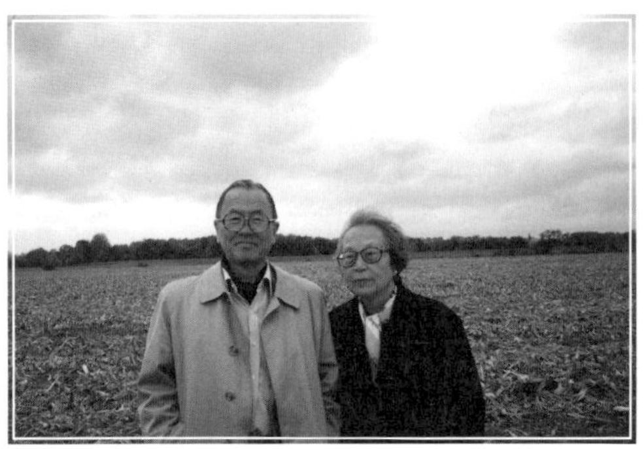

1997년, 오베르의 빈센트 반 고흐 묘지
근처에서 • 왼쪽부터 김마태, 김향안

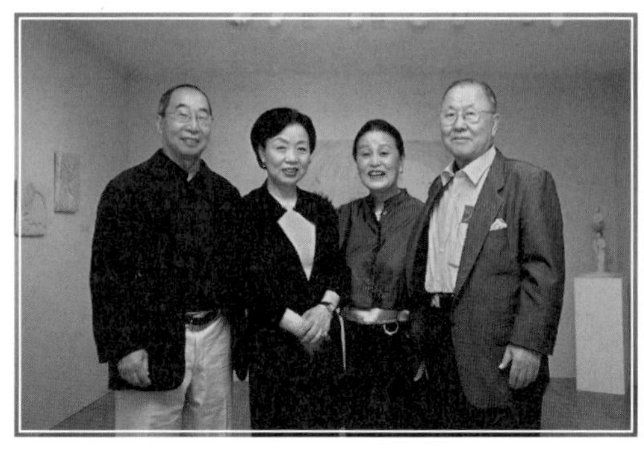

2009년, 서울에서 •
왼쪽부터 존 배, 박명자, 이은숙, 김마태

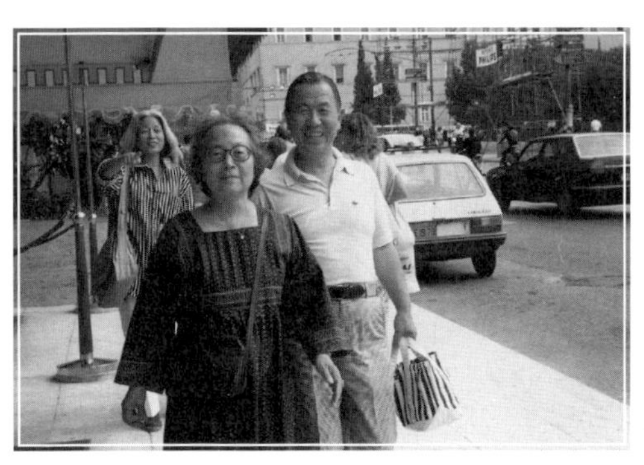

1983년 그리스에서 •
앞에서부터 김향안, 김마태, 문미애

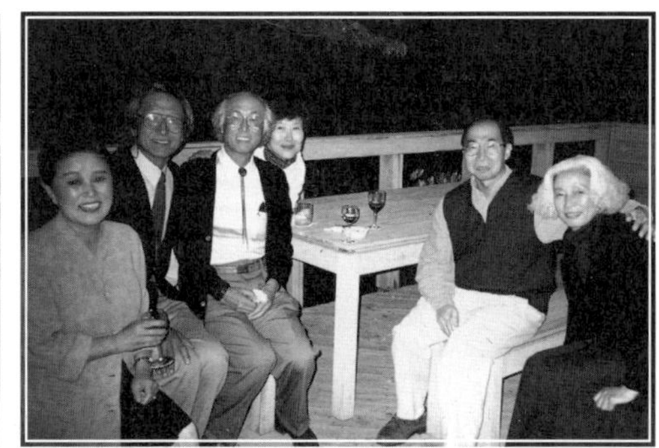

왼쪽부터 이은숙, 한용진,
전홍, 문성자, 존 배, 문미애

김향안이 세상을 떠나다

포체스터에 있는 우리 집에서 차를 타고 동북 해변도로로 두 시간 달리면 크린턴이란 마을이 나온다. 그곳에 암방사선과 전문의 박원창과 그의 아내 노찬주가 바다가 바라보이는 저택에 살고 있다. 문학, 미술, 음악에 조예가 깊은 이 부부는 김환기, 김향안과 오랫동안 가까이 지냈다. 하루는 박원창한테서 전화가 걸려왔다. 김향안이 많이 진전된 유방암을 앓고 있다면서 그녀가 남편이 별세한 병원에는 가기도 싫고 무슨 일이 생겨도 수술은 안 받겠다고 말하더라는 것이다. 오랜 설득 끝에 마침내 김향안이 진찰을 받기 위해 내게로 왔다. 국부적으로 많이 진행된 암인데 겨드랑이로 퍼지지는 않아 보였다. 정밀한 검진을 한 결과 유방암이 확실했다. 그녀를 설득하여 내가 수술을 해드렸다. 유방 절제수술이 깨끗하게 마무리되었고, 그녀는 박원창의 집으로 가서 휴식을 취한 후 건강을 회복했다. 많은 친지들이 그녀를 문안했고, 재금이도 그녀가 좋아하는 아네모네 꽃을 가지고 몇 번 문안했다.

김향안의 환부가 잘 아물었으며, 이듬해 우리와 함께 파리로 갈 정도로 정상적으로 건강을 되찾았다. 그때 파리의 에콜 데 보자르에서 김환기의 데생전이 열렸다. 우리는 김창렬 부부, 민균홍, 황호섭 부부와 함께 즐거운 시간을 가졌다. 화가 황호섭은 추상화를 그리면서 수백, 수천의 구리선을 중첩하여 부처의 얼굴이나 익명화된 다양한 얼굴표정을 만들었다. 그의 회화작품과 삼차원 조형물 모두에 빛이 중요한 역할을 하고 관람자의 바라보는 시점에 따라서 작품에 변화가 생긴다. 회화와 조형물 모두 표면의 질감이 섬세하고 물리적인 반응을 일으킨다.

우리는 바이올리니스트 강동석 부부의 초대를 받아 그들의 집에서 즐거운 시간을 갖기도 했다. 며칠 후 우리는 김창렬 부부와 함께 여행을 떠났다. 우리는 점심 때부터 레드와인을 마시기 시작했다. 우리는 버건디의 본고장 '본'으로 가서 포도원을 구경하고 저녁이 되어 사루라는 조그만 마을로 가서 그곳에서 유숙했다. 그곳 식당 고트디 오르에서 샴페인과 버건디 와인을 마시며 행복한 시간을 가졌다. 김창렬 부부와 우리는 그곳 와인 상점에 들러 버건디 와인을 사왔다. 지금도 나의 와인 저장소에는 그때 사온 그랜 에스쥬 한 병이 남아 있다.

김향안은 고령이 되자 청력이 저하되기 시작했다. 그리고 날짜를 착각하는 일이 종종 발생했으며, 사소한 일에도 신경질을 부렸다. 그녀

244

는 타계하기 한 해 전 노영희의 권고로 새로운 유서를 썼다. 모든 작품은 이미 재단법인인 미술관에 기증된 바 있다. 그녀의 건강이 나빠지자 오랫동안 멀리 떨어져 살던 양아들 화영이가 와서 그녀의 시중을 들었다. 그녀가 새로 작성한 유서에는 자기가 죽으면 먼저 나와 재금이에게 알리고 다음으로 노영희한테 알리라는 것이었다.

김향안이 타계하기 이틀 전 우리 부부는 그녀를 방문했다. 의식이 없었고 호흡하기 힘들어했다. 나는 집으로 돌아와서 오랜 친구 존 배 부부에게 김향안이 곧 세상을 떠날 것 같다고 그녀의 상황을 알렸다. 존 배와 우리의 친교는 김환기 부부를 통해 이뤄진 것이다. 존 배의 아내 은숙이 김향안의 의식이 없어질 때까지 음식을 만들어 그녀를 도왔다.

주치의로서 나는 임종에 가까운 김향안의 침실에 드나들었다. 어떻게 할 도리가 없이 그녀의 생명이 사라질 때까지 지켜보아야만 했다. 양아들 화영이는 사람들이 어머니의 방을 드나드는 걸 꺼려 했다. 그럼에도 불구하고 은숙이 그 방에 들어갔다가 화영이와 어색한 관계가 되고 말았다. 화영이만 괜히 성낸 사람이 되어버렸다. 존 배와 은숙은 화영이에게 나쁜 감정을 가지기보다는 오히려 호의적으로 대했다.

김향안은 2004년 2월의 마지막 날 88세로 우리 곁을 떠났다. 장례식이 추운 날에 치러졌다. 그녀는 앞서 간 남편 곁에 묻혔다. 두 사람의 묘지는 우리 집에서 그리 멀지 않다. 까다로운 성격의 소유자였지만 그녀는 자신이 할 일을 다 하고 떠났다. 부산 피난시절 끝뫼 김말봉의 소개로 알게 된 그녀를 그 후 50년 동안 만나고 교세한 내용을 나는 회고록에 담아야만 한다. 수화 김환기의 회화를 통해, 그리고 두 사람의 많은 수필을 통해 우리 부부의 삶이 윤택해진 사실에 대해 고마워하며, 그들을 통해 인간관계의 신비함을 느낀다.

세상을 떠난 예술가들
— 백남준, 문미애

내가 김환기와 김향안을 통해 알게 된 예술가 중에 백남준과 시게꼬 부부도 있다. 김향안은 백남준의 작품을 좋아하지는 않았지만, 동료 예술가로서 친근하게 지냈다. 휘트니 미술관에서 큰 전시회를 마친 백남준은 그곳에 전시되었던 1982년에 제작한 작품 한 점을 자기 조수와 함께 우리 집으로 운반해왔다. 나는 백남준이 원하는 대로 그를 도와주었다. 그 후 그가 오른편 발가락이 불편했을 때 내게 와서 진찰을 받았다. 얼마 후 그는 당뇨로 고생하다가 중풍을 맞아 왼편이 불구가 되었다. 그는 플로리다 주에서 여생을 마쳤다. 고인의 영구를 근처 화장터로 옮길 때 나는 그의 아내 시게꼬와 동행했다.

2003년, 존 배의 전시회가 서울 로댕 갤러리에서 열렸다. 그때 우리 부부는 서울로 가서 한 달을 묵었다. 집에 돌아온 지 이틀 만에 김대실한테서 연락을 받았다. 심한 두통으로 문미애가 병원 응급실에 실려갔다는 것이다. 병원으로 달려가 CT스캔을 보니 왼편 폐 위쪽에 큰 암덩어리가 있고, 암이 뇌의 여러 곳으로 전이되었다. 문미애는 온갖 치료를 받고 11개월 후 세상을 떠났다.

죽음이 가까워지자 문미애는 병원에서 퇴원하여 자기 집으로 돌아왔다. 그리고 일주일 후 세상을 떠났다. 장의사에서 유족이 조문객들을 맞이하는 절차를 생략하고 다음날 장례식을 거행했다. 그 전날 문성자가 문미애가 좋아하던 옷을 골라 한용진 편에 장의사에게 보냈다. 한용진은 관속에 누운 문미애를 보자 옛날 그녀와 한 약속이 생각났다고

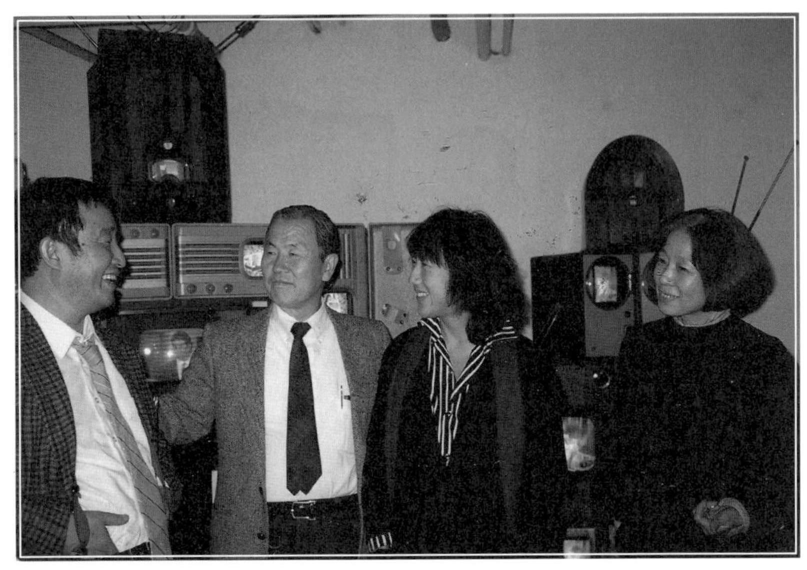

1989년경, 백남준의 작업실에서 ● 왼쪽부터 백남준, 김마태와 딸 수잔, 문미애

했다. 그녀에게 목걸이를 만들어주겠다고 약속했는데, 그것을 지키지 못했던 것이다. 그는 이미 식은 문미애의 목에 목걸이를 그렸다. 그것은 한용진이 문미애에게 준 마지막 선물이었다. 다음날 문미애의 시신은 문성자 어머니 손인실 여사가 묻힌 묘지 옆에 안장되었다. 문미애와 한용진의 제자 문성자는 문미애가 임종할 때까지 옆에서 시중을 들었다. 문성자는 시인 조병화의 조카인 조천형과 재혼하여 뉴욕 근교에 살고

있는데, 우리 집에서 차로 20분 거리에 있다. 우리는 이따금 그녀의 작업실에 가곤 한다.

문미애는 김향안이 세상을 떠나기 전 엿새 앞서 떠났다. 그녀는 숨을 거두기 얼마 전 자기가 그리고 싶은 회화세계가 눈앞에 아른거린다고 여러 차례 말했다. 그렇지만 그녀에게는 그런 기회가 주어지지 않았다. 그녀는 세상을 떠났고, 남은 지인들이 그녀를 위해 서울 환기미술관에서 2008년 3월 21일부터 6월 15일까지 '문미애를 추억하다'란 제목으로 추모전을 열었다. 추모전 도록에 '문미애는 욕심이 많고 성급한 작가'란 제목으로 김향안이 쓴 글이 실렸다.

문미애 옆에 서면 담배와 터팬타인 냄새가 코를 찌른다. 작업복 차림이 아닐 때라도 옷 어디엔지 물감덩어리가 붙어있는 것 같아서 나는 항상 조심한다. 손톱 밑에는 언제나 물감이 시커멓게 끼여 있어서 더럽게도 보이지만 인체에 해로울 거라는 생각에서 손톱 밑을 솔로 좀 깨끗이 닦으라고 하면 손 깨끗한 화가가 어디 있느냐고 귀에도 안 담는다. 문미애는 그런 것엔 무관한 사람이다.

문미애는 그림을 붓으로 그리지만 손으로 더 많이 그린다. 화포를

세워놓고 그릴 때 흘러내리는 물감을 손으로 문지르는 것은 물론이
지만 튜브에서 물감을 짜서 손으로 그대로 문지를 때가 있다. 그럴
때는 꼭 액션페인터다. 온 몸이 화포에 붙어서 작업할 때는 클라인
이 작업하기 직전을 느낀다. 화포와 대결해서 무슨 승부라도 내려는
듯이 성급하게 과열하는 것을 본다. 그렇게 해서 제작되는 문미애
작품은 액션페인팅이 아니다. 중첩된 깊이를 뚫고 나오는 활달한 재
치를 본다. 준엄한 신상에라도 오른 듯한 유연한 분위기와 거기 가
득한 시詩를 느낀다.

나도 그녀를 추모하는 글을 도록에 실었다.

문미애는 매우 재능 있는 예술가였습니다. 그녀의 강점은 색을 잘
구사하는 것이며, 또한 대담하고 선명한 드로잉은 자신감의 발로였
습니다. 그렇지만 그녀는 지나친 흡연과 카페인으로 받은 상처를 치
유하기 위해 그림을 그리면서 우울증과 극도의 불안의 시기를 견뎌
내야만 했습니다. 그녀는 재능이 진실을 왜곡시킨다는 걸 어느 누구
보다도 잘 알고 있었습니다. 그녀는 새로운 회화를 위한 구조적 패

턴을 말년에야 발전시킬 수 있었습니다. 그녀는 죽음에 임박해서 나의 아내 재금이에게 새로운 세계가 눈앞에 아른거린다고 말했습니다.

그녀가 사랑한 조각가 한용진은 지는 꽃처럼 풀이 죽었고, 다시는 생기를 찾을 수 없을 것처럼 보입니다. 그렇지만 여기 작품들 속에서 그녀가 우리에게 왔습니다. 이번 기회에 우리는 그녀의 천재성과 아울러 우리의 우정을 회상하게 됩니다.

문미애는 이제 우리 곁에 없지만 남아 있는 그녀의 작품들은 많은 사람들에게 큰 감동을 줄 것이다.

아름다운 인연이 주는 감동

환기미술관장 박미정

우리 모두 인생에 사연事緣을 간직하고 있으며, 그것은 우리와 우리가 만난 사람과의 의미 있는 관계를 설명해준다. 우연한 만남이든 의지에 작용한 필연의 만남이든 사연은 인연因緣이 되어 인생의 근저를 형성하는데, 세월이 흐른 뒤 돌이켜보면 이를 운명이라고 부를 수밖에 없다. 아름다운 인연은 인생을 구체적으로 조명해주는 또 다른 명칭이기 때문이다.

나는 내가 경험한 가장 아름다운 인연에 대하여 이야기하고자 한다. 아름다운 인연의 시작과 그 기쁨에 대하여.

피난지에서 시작된 인연

김마태 박사가 수화 김환기 화백을 처음 만난 건 한반도를 순식간에 공포의 땅으로 만든 한국진쟁 중 1951년 부산에서였다.

　　부산은 사람들이 전쟁을 피해 남하할 수 있는 한반도의 끝자락으로 서울에서 활동하던 많은 이들이 그곳 피난지에서 서로의 생사를 확인할 수 있었다. 인연으로 수놓아지는 인생은 피난지에서도 계속되었다. 예술가들의 삶도 생소한 환경과 궁핍 속에서도 인연을 통해 한결같이 새로운 방향으로 뻗어갔다. 김 박사의 부인 전재금 여사는 소설가였던 어머니 김말봉 여사를 통해 일찍이 40년대 중반부터 김환기 화백의 부인 김향안 여사를 잘 알고 있었고, 당시 문인들과 교류가 잦았던 김 화백과도 어울리곤 했다. 문인들은 주로 찻집(다방)에서 모이곤 했는데, 이런 전통은 해방 후 서울에서부터 시작되었으며 과거 유럽에서의 카페문화와 마찬가지로 자연스럽게 예술가들의 사교 장소, 창작의 산실 역할을 하였다. 부산으로 피신한 예술가들 역시 만남의 장소를 물색하여 그들의 단골 찻집을 만들었다. 서울 장안의 유명했던 음악다방 르네상스가 부산으로 이전해와 예술가들의 안식처가 되었으며, 금강다방, 온달다방, 밀다원, 야자수, 녹원다방 등은 예술가들의 대표적인 창작과 친교의 공간이었다. 김 화백 부부가 자주 찾던 금강다방에는 김동인, 조병화, 조연현 등 문인들과 이중섭, 백영수 등 화가들이 늘 진을 치고 있었다. 녹원다방, 온달다방, 밀다원 등에서도 예술가들의 만남이 잦았다. 찻집은 약속을 하지 않아도 자신이 원하는 사람들을 만날 수 있는 공간으로, 예술가들은 날이 밝으면 찻집에 와서 정보를 교환하고, 글을 쓰고, 작품 발표의 기회를 성립시키면서 피난지에서의 암울한 하루하루를 보냈다.

김마태 박사와 김환기 화백 부부의 첫 만남은 부산의 길거리에서였다. 피난지 거리에서의 우연한 만남은 두 사람의 운명적인 인연의 시작이 되었다. 그날 김 박사와 김 화백의 눈인사는 두 사람의 여생에 선명한 빛으로 남을 회고의 출발점으로서 두 사람의 만남을 인연으로 발전시켰다. 그로부터 두 사람의 인생이 운명적으로 연결되었고 두 사람 모두 그 인연을 받아들이지 않고서는 각자의 인생을 설명할 수 없게 되었다.

당시 김 화백 부부는 영도에 위치한 일본식 가옥 다락방에 세 들어 있었다. 전재금 여사의 회고에 따르면 비록 난리통의 어려운 시절이었지만, 김 화백 부부의 집안은 늘 정갈했고, 김향안 여사는 풀을 먹여 손질한 모시적삼을 단정하게 입고 다녔다고 한다. 궁색하고 비좁은 다락방에서의 불편한 삶이었지만, 김 화백은 창작의지를 꺾지 않고 드로잉과 수채화와 유화를 제작하였으며 전시에도 참여하였다. 김마태 박사는 1951년 뉴-서울 다방에서의 전시회를 두 번이나 관람했다. 거리에서 시작된 인연이 작품에 대한 애정으로 이어져 훗날 먼 이국땅 미국으로까지 연결되었으며 서로가 서로에게 소중한 사람으로 일생에 자리잡게 된다.

미국에서 꽃피운 인연

1953년 6월에 도미한 김마태 박사는 첫 10년을 뉴욕에서 보내게 되었다. 메트로폴리탄 미술관을 방문한 김 박사는 18세기 이탈리아 화가로 신화와 성서를 주제로 많은 작품을 남긴 티에폴로의 회화에 감동을 받아 김환기 화백에게 엽서를 보냈다. 엽서에 화답하듯 김 화백은 브라질 상파울로 비엔날레에 한국관 커미셔너 겸 작가로 참석하고 돌아가던 길인 1963년 10월, 뉴욕에 도착했다. 서구미술의 중심지인 뉴욕에 들러 생생한 현장을 직접 느끼고 자신의 미학적 위치를 점검하고자 한 김 화백은 부산 피난시절 그에게서 그림을 배운 이탈리아계 미국인 브루노를 만나 그의 작업실에서 함께 그림을 그리게 되었다. 이듬해 봄, 김 박사의 보증 겸 추천으로 김 화백은 록펠러재단의 지원을 받아 맨해튼 서쪽 73가 160번지 유서 깊은 아파트에 작업실과 생활공간을 겸한 스튜디오를 얻게 되었다. 록펠러재단은 2년 동안 그의 건강보험까지도 해결해주었다. 그로부터 타계할 때까지 김 화백은 뉴욕을 떠나지 않고 귀국할 기회를 미룬 채 작업에만 매진했다. 김 화백과 김 박사 두 가족은 타국에서 자주 어울리며 고향에 대한 향수를 달랬고, 생활의 힘겨움을 위로하였으며, 예술을 공유하고, 인생의 고된 여정을 서로 응원하며 지냈다.

　뉴욕에 정착하게 된 김 화백은 거침없이 생기발랄한 도시의 풍경과 황당하리만치 모든 것이 풍요로운 환경 속에 자리 잡은 현대미술의 중심지에서 철저한 작가의 입장이 되어 자신의 작품세계를 정리하고 끊임없는 도전으로 재료를 실험하고 조형에 대한 탐구에 열중하였다. 물론, 머나먼 이국땅에서의 예술가의 삶은 곤궁과 고달픔의 연속이었으리라. 김 화백은 부둣가에서 짐을 나르는 노동을 하면서 "내가 미국에서 배운 건 먹고 살기 위해서는 일을 해야만 된다는 것이다"라고 말하며 껄껄 웃었다고 전재금 여사는 회상한다. 김 화백은 넥타이를 제조하는 봉제공장에서도 일한 적이 있었다. 그는 급여를 받으면 맥주 버드와 이저를 사서 집으로 돌아오는 길, 하늘을 올려다보곤 자유와 행복을 함께 느꼈다고 한다. 그러나 회화에 대한 새로운 실험과 연구에 바친 열정과 동료, 후배 예술가들의 관계에서 보여주던 호쾌한 성격에도 불구하고 현실에 있어서 김 화백은 강한 생활력을 갖지 못했고 작업준비와 의식주의 유지를 대부분 아내에게 의지해야만 하는 형국이었다.

낯선 환경에서 어떠한 어려움에도 굴하지 않고 삶의 기반을 마련하는 굳센 기질을 지닌 김향안 여사였지만, 그녀 역시 김마태 박사를 많이 의지하였다. 김 여사가 뉴욕에 타고 온 비행기표의 외상값을 갚아준 이도 김마태 박사였다. 1960년대, 머나먼 이역 땅 뉴욕에서 예술가로 살아가야 하는 현실은 궁색과 고난의 연속이었다. 김 여사는 '하면 된다'는 정신으로 무장하고 감당하기 어려워 보이는 일들을 하나씩 차근차근 실행해나갔으며, 김 화백과 관련된 일이라면 어떤 장벽이라도 뛰어넘을 자세로 임해 용맹스러운 행동을 감행했다. 김 화백이 자신을 찾아온 후배들과 한 잔 하겠다며 술상을 요청하면 비록 끼니를 걱정하는 상황에서도 외상으로 술과 안주를 마련했으며, 김 화백이 작업하는 데 필요한 재료를 구입하기 위해서는 강한 자존심에도 불구하고 서슴없이 주변 사람들에게 도움을 청했다. 하루는 조각가 한용진과 화가 문미애 부부가 집을 짓기 위해 자재를 구입할 돈을 마련하자 바로 김 여사는 김 화백 작품을 상파울로 전시회에 보내기 위해 그들이 마련한 돈을 모두 가져갔다. 김 화백이 지닌 예술 혼과 김 여사의 불굴의 의지를 주변 사람들은 존경과 존중으로 일관하였으며 그들 부부에게 늘 협조적이었다. 뉴욕에서 다시 만나게 된 그들 모두의 인연이 다정하고 아름다운 꽃을 피우는 가운데 그들 모두의 삶이 견고하고 융성해졌다. 그리하여 그들을 중심으로 뉴욕에 본격적으로 한국 미술계가 터전을 잡고 형성되었다.

맨해튼 73가에 위치한 김 화백의 스튜디오가 제작이 끝난 많은 작품들을 모두 걸기에 비좁다는 이유도 있지만 김 화백은 새로 완성한 작품이나 마음에 드는 작품을 김 박사 댁 거실에 걸어두고 감상하기를 즐겼다. 그는 김 박사 댁 거실에 자신의 작품을 거는 것을 자연스런 일로 여겼는데, 그만큼 김 박사 부부를 가족처럼 생각했기 때문이다. 평소에는 묵묵히 작업에만 몰두하지만 김 박사 집에 가면 거실에 앉아 자신의 작품을 감상하고 또 다른 작품으로 바꾸어 걸기도 하면서 김 박사 부부와 작품에 관한 이야기를 나누고, 뜰에 나가 수영도 하고, 편안한 휴식을 취하면서 다음 작업을 위한 재충전의 시간을 가졌다.

〈달밤의 섬〉은 상파울로 비엔날레에 출품했던 작품으로 김 박사의 거실에 반년 이상 걸려 있었다. 이 작품은 김환기 부부가 돈이 필요하다고 해서 전재금 여사가 소개한 친구가 고른 작품이기도 했다. 그 사람은 김 화백의 작품이 막 추상으로 전환된 시점이라서 구상화를 선택하겠다고 했다. 그 사람이 〈달밤의 섬〉을 마음에 들어 하자 김 화백은 "아 그것이 마음에 들어요? 다음에 내가 좋은 그림을 그리면 그때 바꿉시다"라고 당부했고 김향안 여사는 정성껏 식사를 준비하여 그분을 대접했다. 후에 약속대로 김향안 여사가 푸른 색조의 점화작품으로 바꾸어주고 〈달밤의 섬〉을 찾아갔다. 이 작품은 현재 환기미술관에 소장되어 있다. 이렇듯 김 박사의 거실에 자리 잡았던 김 화백의 여러 작품이 현재 환기미술관에서 많은 이들에게 감동을 선사하고 있다. 가장 많은 사랑을 받고 있는 작품 〈우주*Universe*〉 역시 30여 년간 김 박사 댁 거실에 걸려 있던 작품이다. 뉴욕에서 김 화백의 회화가 인정받게 된 것은 포인덱스터 갤러리에서 〈우주〉를 소개하고 그것을 『뉴욕타임즈』가 호평한 후부터라고 김 박사는 말한다.

　김 화백은 미국으로 건너간 1963년부터 타계한 1974년에 이르는 소위 '뉴욕시대'를 통해 가장 원숙하고 완성된 작품세계를 구축했다. 초기부터 부단히 추구해온 산, 달, 강, 새, 나무 등 자연풍경의 구상성을 더욱더 단순화하여 종국에는 점, 선, 면 등 극도로 절제되고 응축된 조형미로써 심화된 추상의 세계를 구현했다. 1950년대 드로잉에서 간간이 나타났던 점과 선의 조형적 실험이 1970년경 본격적인 전면점화全面點畵로 나오기까지 엄청난 양의 소재와 구성적 실험으로 이뤄졌다. 점, 선, 면의 다양한 조형적 실험은 산월추상, 십자구도, 색면추상 등의 방법과 종이죽을 사용한 오브제작품을 비롯하여 신문지, 한지, 포장용 기름종이 등 다양한 재질감의 시도로 추구되었으며, 입체와 평면의 장르를 막론하여 풍요롭게 제작되었다. 김환기 미학의 정점을 이루는 전면점화는 캔버스와 유채라는 서양의 재료와 기법을 사용하면서도 한지나 천에 스며드는 부드러운 번짐을 이용한 수묵화 같은 효과로 동양의 정서를 드러내는 미적 표현을 구현하여 '수화 김환기의 대표적인 작품코드'

가 되었다.

어디서 무엇이 되어 다시 만나랴

김환기 화백에게 1970년은 뉴욕에 도착한 이후 가장 행복했던 한 해였다. 그는 뉴욕 미술계의 인정과 관심을 끌기 시작했으며 여러 전시를 제안받아 더욱더 작품 제작에 매진하게 되었다. 과도한 작업으로 육체는 노곤해졌더라도 분출하는 창작 욕구를 마음껏 발산하며 생활의 근심조차 잊게 된 상황 속에서 비로소 화가로서의 소명의식을 확인하고 그러한 인식에서 느끼는 희열과 행복을 만끽한 것으로 보인다. 그는 뛰어난 직관으로써 변화하는 서구의 현대미술을 받아들였고, 회화의 평면성을 극복하고자 노력하고 작품세계를 확장한 피카소의 불굴의 도전 정신을 칭송하였다.

이 시기, 화백은 다양한 재료와 새로운 조형실험의 과정에서 부단히 추구해온 '절대적이고 본질적인 것'에 대한 확신을 갖게 되었다. 회화에 대한 그의 정신이 확연히 드러나는 색감과 구성을 유감없이 발휘하여 음악적 운율이 내재된 시적 조형성과 세련된 색감이 어우러진 수많은 걸작품들을 탄생시켰다. 그는 오로지 열과 성으로 작업에 정진하고 또 매진했고 분출하는 영감과 에너지를 수개월간 집중하여 다양한 푸른 색조의 전면점화를 연속적으로 제작했다. 절친한 친구였던 시인 김광섭의 시구에서 제목을 따온 〈어디서 무엇이 되어 다시 만나랴〉(1970)는 그 시기의 연작 중 하나로 캔버스 전체에 푸른 점을 가득 찍은 작품이다. 무수한 단색 톤의 점으로 채워진 절제되고 통일된 색조의 바다가 주는 감동은 관람자로 하여금 초월적 상상의 날개를 펴게 한다. 발이 고운 면포에 그가 수년간의 실험으로 찾아낸 농도의 유채 물감으로 혼신의 기를 모아 선을 긋고 점을 찍고 그 점을 하나하나 둘러싸듯 감싸안기를 반복함으로써 무한히 확산되어 가는 형이상학적 공간을 창조해낸다. 절제된 응축으로 찍혀지는 점 하나하나는 각기 다른 기운으로 반향을 일으키며 미세한 울림의 융합을 이룬다. 즉 점이 선이 되고 그것들이 모여서 면을 이뤄 하나하나의 점이 개별적 요소가 아니라 전체로 통일된 조화로운 메아리가 되어 숭고한 분위기를 연출한다. 점들은 의도된 울림-율동으로 화면을 조화롭게 채우면서 색조의 바다를 이루는데, 그것은 곧 각각의 별들이 발광하여 운집한 은하계가 또다시 어우러져

우주 공간을 이루는 것처럼 신비로운 아름다움의 결정체를 이루어갔다.

　김환기 화백은 하늘을 올려다보면 자유와 행복을 함께 느낀다고 했다. 〈어디서 무엇이 되어 다시 만나랴〉는 그가 바라본 하늘, 무수한 별들이 쏟아내는 빛의 울림, 자연을 감싸고 있는 숲의 호흡이 들려주는 메아리, 또한 그가 내려다본 맨해튼의 명멸하는 불빛이 만드는 야경, 허드슨 강물처럼 흐르는 자동차 불빛의 여운을 연상하게 하고, 그러한 경관을 바라보면서 떠오르는 고향의 그리운 가족과 친구들에 대한 독백을 떠올리게 한다. 다양한 푸른 색조의 깊고 신비한 조화가 빚어내는 우주적 공간, 섬세한 색점의 음영에는 과거 그가 즐겨 그리던 산, 달, 구름 같은 구체적인 형상을 유추할 수 있는 구상적 표현을 대신하여 이국에서 그가 홀로 느끼고 맞이하는 우주를 대하는, 시공을 초월한 무한의 세계에 대한 그의 동경이 자리 잡고 있다. 그가 선망해온 인연과 자연, 그가 살아온 삶의 여정이 섬세한 색점의 음영으로 구현되어 감동의 바다를 이루는 것이다.

　그러나 부단히 추구해온 '절대적이고 본질적인 것'에 대한 확신을 갖게 되었더라도 고도의 집중이 요구되는 수년간의 고된 작업으로 혹

사한 그의 육신은 지쳐가고 있었다. 김향안 여사는 "그 즈음 전시 제의
가 많아졌는데 그것에 다 응하느라고 몸을 너무 혹사해서 수화가 그렇
게 빨리 세상을 떠나게 되었다"고 술회했다. 김 화백이 교통사고 후유증
으로 고생하고 있었음에도 불구하고 하루 종일 선 채 아래를 내려다보
는 자세로 필사의 기를 모아 점을 찍고, 휴식도 없이 다음 작업을 위한
틀을 메는 일을 중단 없이 매진하는 가운데 그의 육신은 서서히 무너질
수밖에 없었다.

1974년, 김 화백이 갑자기 타계하자 김 여사는 그의 작품이 흩어지
는 걸 막고 그의 예술세계를 널리 알리고자, 또 그의 유지를 받들어 후
진을 양성하고 문화 창달에 기여하고자 환기재단을 설립했다. 여사는
남편의 작품을 그의 분신인 양 모으기 시작하였고 콜렉터들이 소장하
고 있던 작품들을 회수하거나 바꾸어 재단 설립과 미술관 건립을 준비
하였다. 예술가가 남겨놓은 위대한 작품은 작가 개인이나 그의 유족이
아니라 후손에게 영원히 물려주어야 할 국가적 문화유산이라는 신념으
로 공익재단을 설립하고 환기미술관의 기초를 닦아놓은 김향안 여사의
훌륭한 업적이 실천되는 과정에는 김마태 박사와 전재금 여사를 비롯

하여 한용진, 문미애, 문성자 등 주변 지인들의 김환기 예술에 대한 존경과 사랑에 의한 헌신적인 도움과 사명감이 큰 역할을 하였음은 말할 나위가 없다.

인연이 낳은 또 다른 인연

내가 김향안 여사를 처음 만난 건 12년의 긴 프랑스 유학생활을 마치고 돌아와 대학에서 강의를 시작하고 출산을 앞두고 있던 1999년 봄이었다. 사람이든 사물이든 거침없이 쏘아서 투과하는 눈빛을 가진 여사는 범할 수 없는 위엄과 지성을 지녔으며 왜소한 체구와 조용한 제스처만으로도 강렬한 카리스마를 내뿜는 매력적인 분이었다. 김환기 예술세계에 대한 흠모와 함께 여사의 적극적이고 진지한 태도, 환기미술관에 쏟는 열정에 매료된 나는 곧 환기미술관과 인연을 맺게 되었다. 평소 말이 별로 없는 분이었지만 군더더기 없는 여사의 말은 신기하게도 그 어떤 긴 설명보다도 명확한 이해와 의지를 효과적으로 전달했다.

새 천 년이 시작되던 해, 나는 김환기 화백의 창작의 산실이자 두 분의 삶의 공간이었고, 이후 환기재단을 탄생시킨 곳이며, 여전히 김 여사가 살고 있던 뉴욕 맨해튼 73가 스튜디오를 방문하기 시작했다. 그곳에는 마치 작업 도중에 잠시 자리를 비운 듯이 김 화백의 삶의 체취와 창작의 흔적이 여전히 남아 있었다. 이후로 나는 뉴욕에 갈 때면 호텔보다는 73가 스튜디오에 머물곤 했는데 여사는 화백에 대한 이런저런 많은 기억들을 전해주려고 애썼다. 김환기 화백이 작업하던 공간에서 그의 창작열과 작품에 관한 이야기를 듣고 있노라면 직접 화백을 만난 듯 흥분되곤 했다. 우리는 환기미술관 소식과 미술계 이야기를 나누었고 미술관, 박물관과 소호의 화랑들을 방문하고 센트럴파크와 허드슨 강변을 산책했으며, 영화를 관람하기도 했다. 주말에는 거리에 서는 벼룩시장을 구경하고 저녁이면 뉴욕 지인들과 함께 식당에 가거나 그들의 집에 초대받아 즐거운 시간을 보내곤 했다. 내가 김마태 박사와 전재금 여사를 만난 건 그때였다. 김 박사 내외와 김환기 화백, 김향안 여사와의 인연이 또 하나의 새로운 인연으로 나에게 이어진 것이다.

김향안 여사가 생존해 있을 때부터 매년 7월 25일 김 화백의 기일이면 따로 연락을 주고받지 않더라도 약속이나 한 듯 정오에 산소에 모여 제사를 지냈다. 누군가가 가지고 온 꽃을 놓고 준비해온 담배와 술을 대접하고 잡초를 뽑거나 담소를 나누고 함께 점심식사를 했다. 김 박사 부부를 위시하여 조각가 존 배 부부와 한용진, 문미애 부부, 최일단, 문성자, 조천형 부부, 문병기 박사님, 박원창, 노찬주 부부는 김향안 여사 생전부터 자주 모이고 김환기 화백의 제사를 지내온 것처럼 지금도 매년 만나서 함께 제사를 드리고 근처 식당이나 어느 분의 집에 모여 식사를 하며 담소로 하루를 보낸다. 세월이 흘러 함께했던 문미애와 문병기 박사님이 세상을 떠났다. 이경성도 고인이 되었다. 여전히 우리는 김 화백과 김 여사의 기일이면 두 분의 산소에서 제를 드리고 근처에 있는 문병기, 손인실 박사 내외분과 문미애의 산소에 들러 추모의 시간을 갖는다.

이번 여름 뉴욕에서의 우리 제사모임은 특별했다. 서울 환기미술관에서는 나와 직원 백승이가 환기재단 이사인 박충흠 조각가와 함께 참석했고, 뉴욕에서는 김 박사 부부, 조각가 존 배, 이은숙 부부, 문성자, 조천형 부부와 화가 최일단 선생이 참석했다. 박원창 박사는 몸이 불편해서 제사에 참여하지 못했고 대신 우리가 며칠 후 코네티컷 주 바닷가에 있는 집으로 박원창, 노찬주 부부를 방문했다. 뉴욕에 머문 10일 내내 우리는 대부분의 시간을 김마태 박사, 전재금 여사와, 주말에는 자녀들(유진, 수잔, 다니엘, 올리비에)과 시간을 함께하며 인터뷰를 완성했다. 김환기, 김향안 부부와 가족처럼 지냈던 이들의 추억담은 몇 번씩 들어도 언제나 새롭고 흥미롭다. 샘솟듯 무궁무진한 김마태 박사의 회상은 늘 우리를 웃게 만들고 전재금 여사가 전해주는 김환기 화백과 김향안 여사의 일화들은 유용한 기록이 된다. 이번에는 환기미술관의 '김환기 부처 뉴욕지인들 인터뷰 계획'에 따라 녹음과 촬영이 동반된 조금 특별한 목적의 업무로서 진행되었지만, 평소에도 우리는 함께 모일 때마다 시간을 거꾸로 돌려 선생들이 김환기, 김향안 부부와 함께했던 추억을 듣거나 김 여사와의 일화들을 무용담처럼 차례로 늘어놓으며 웃고 수다를 즐긴다. 그런 시간이면 우리에게 매우 특별한 공감의 분위기가 만들어진다. 이는 우리 각자가 어떤 에피소드를 떠올리며 다른 해석을 곁들여 이야기를 나누더라도 우리 모두에게 한결같은 그리움의 정서가 동반되기 때문이다. 이런 정서를 바탕으로 한 우리들의 인연은 훌륭한 작품들로써 세상에 남겨진 이들을 끝없는 감동과 따뜻한 추억으로 결속시켜주는 김 화백과, 아름다운 인연의 역사를 잇고 예술의 감동을 후

세에게 지속시켜줄 환기미술관을 만들어 남긴 김 여사의 노력이 헛되지 않도록, 훌륭한 예술이 뿜어내는 감동을 늘 함께 누리고 격려하며 지켜주는 '삶의 원동력'이 되는 것이다. 이를 증명하듯, '기적 같은 일'이 생겼다. 이번 여름에 1년 전부터 추진해온 '김 박사 부부의 환기미술관에 대한 기부내용'을 정리하는 최종 약정서를 작성했다. 두 분은 숭고한 용기와 결단으로, 실로 대단한 의미가 있는 일을 지극히 자연스럽고 조용하게, '오른손이 하는 일을 왼손이 모르도록 하라'는 성경 말씀을 실천하셨다.

김 박사 부부의 용기와 결단으로, 환기미술관은 제2의 탄생을 맞게 되었다. 우리 사회는 문화와 예술의 역할과 그 중요성이 더없이 강조되고 있지만, 실제로 사회의 질적, 정신적 기반을 이루는 문화와 예술의 활성화를 위한 자발적 기여는 쉽게 일어나지 않는다. 이러한 현실에 김 박사 부부의 용기와 결단은 너무도 자연스럽고 아름다운 실천으로 모든 이에게 감동을 주고 모범을 제시한다. 더욱이 환기미술관에 몸담고 있는 나로서는 그 고마움과 감동을 표현할 길이 없다.

세상을 움직이는 힘은 거대한 단체가 아니라 한 사람의 선행으로도 가능하다는 것을 직접 체험한 금년 여름, 우리는 무엇과도 바꿀 수 없는 감동으로 환기미술관의 번영에 대한 각오를 다지고 있다. 인연이 낳은 또 다른 인연의 소중함과 그 고귀한 힘과 아름다움을 절감하면서 내가 경험한 가장 아름다운 인연에 대한 이야기를 마치고자 한다.

2012년 여름